W0272625

LA DEUXIÈME VIE DE LISE

DE LA MÊME AUTRICE

Mon monde en équilibre, Eyrolles, 2023.
Devenir mère (coll.), Zortziko, 2023.

CÉCILE BRIOMET

LA DEUXIÈME VIE DE LISE

roman

l'Archipel

Notre catalogue est consultable à l'adresse suivante :
www.editionsarchipel.com

Éditions de l'Archipel
92, avenue de France
75013 Paris

Contact : info@lisez.com

ISBN 978-2-8098-5195-3

À mon Gaston.
Tu me manques chaque jour.

La deuxième vie de Lise, c'est l'histoire d'un couple uni par des années de mariage, débordant d'amour et de respect, malgré les décennies passées. Quand mon grand-père est décédé, je me suis demandé ce que devenait « le survivant », celui qui reste. Vous avez déjà essayé de séparer des inséparables ? Vous savez, ces petits oiseaux colorés qui ne peuvent vivre l'un sans l'autre. C'est ce que j'ai voulu faire raconter à Lise, redonner le premier rôle à ceux qu'on ne regarde plus car le plus grand pan de leur vie est passé. Moi, je m'y suis toujours intéressée, par tendresse, respect ou nostalgie peut-être. J'ai voulu qu'elle nous dise ce que cela fait de perdre une partie de soi et de devoir vivre avec, ou du moins réapprendre.

Alors comme disait mon grand-père : « *¡Viva la muerte!* », ce n'est qu'une étape de la vie.

¡Viva la muerte!

Vous savez ce qui fait se déplacer plus de monde que les funérailles de Johnny? Le cri de celui qui reste face à celui qui s'en va.

C'est que tu m'as prise au dépourvu, mon Gaston! Qui aurait pu penser que ce mercredi, 10 heures, ton AVC et toi auriez décidé de gâcher la journée des petits-enfants? Ce n'est pas comme s'ils devaient arriver juste après pour goûter ma légendaire tarte aux pommes, achetée à la boulangerie d'en face! Mais toi, tu casses ta pipe au petit matin, comme ça, sans prévenir.

Et moi, dans l'histoire, tu y as pensé, vieil égoïste? Tu crois que j'avais envie de te retrouver couché sur le bureau? J'y serai à l'aise maintenant pour écrire à mon frère entre la bibliothèque laquée et le clic-clac vert sans âge.

Non, Gaston, décidément, tu n'as encore pensé qu'à toi.

Et dire qu'on devait fêter ton anniversaire dans un mois… «Une surprise», avaient dit nos fils. Ah ça, pour une surprise, ils vont être gâtés.

Installée dans la cuisine, qui n'a pas changé depuis trente ans, j'assiste au spectacle comme s'il s'agissait de ma première fois au théâtre. Je suis perdue. Le papier peint me paraît soudain trop gai. Les meubles en bois trop sombres. Le tic-tac de l'horloge m'est tout à coup insupportable, battant la mesure du temps figé ou peut-être du temps perdu. *Tic tac...* L'aiguille tourne sans s'arrêter, parcourant le cadran, se foutant royalement que tu n'es plus là. *Tic tac...*

— Foutue pendule! ne puis-je m'empêcher de lâcher.

Un jeune pompier me fixe, inquiet. Ses taches de rousseur sont impressionnantes, voilà bien la seule chose qui me vient à l'esprit en détaillant sa peau blanche. Ses yeux de cocker abandonné, entourés d'un halo de cheveux frisés, semblent guetter une réaction de ma part. Il me parle sans que je ne comprenne les mots qu'il emploie. *Dis donc, il en a vraiment partout de ces petites taches!* Sans que je m'y attende, il saisit mon bras potelé pour y installer un tensiomètre.

— Lâchez-moi!

— Madame, est-ce que ça va?

— À votre avis? Allez, laissez-moi tranquille et sortez de ma cuisine! Occupez-vous plutôt de mon vieux Gaston.

— Est-ce qu'il y a quelqu'un à prévenir?

— Bah... rien ne presse maintenant.

Et dire qu'on aimait la tranquillité: tu verrais notre appartement, il grouille de pompiers arrivés en fanfare comme un 14-Juillet. Du jeunot perdu au vieux presque à la retraite, j'ai tous les genres, tous les styles, dans les pièces du vieux T3. Le bal des pompiers, au mois de janvier.

Toi qui allais si bien hier soir... tu avais même promis à la petite d'aller la voir jouer au foot samedi. Quels étaient nos derniers mots ? Comme si cela avait maintenant une quelconque importance ! Et comment je leur dis, moi, à nos fils ?

« Votre père a cassé sa pipe », trop imagé, ils ne comprendraient pas. « Votre père est parti au ciel », ils penseront que j'ai fumé du bambou.

Tu me mets dans une sacrée panade, Gaston. Je vais faire quoi moi, sans toi, maintenant ?

Lorsque je me lève pour m'emparer de mon téléphone à clapet, le vieux tabouret en bois craque bruyamment, me rappelant les quelques kilos en trop que je devrais perdre. Je m'y rassois pourtant sans le ménager, m'adossant par là même au mur tapissé, orné de décorations printanières.

Le portable offert par mon fils aîné, Frédéric, entre les mains, j'appuie sur le premier numéro de ma liste de favoris. Heureusement qu'il a tout préenregistré.

À peine une sonnerie retentit, que déjà quelqu'un décroche.

— Allô ? lance une voix féminine.

Superbe, ma belle-fille, Anne-Marie. Une grenouille de bénitier qui mène mon fils à la baguette. Une quadra tête de gondole de la *manif pour tous*, au carré méché blond toujours impeccable et dont on sent le parfum sitôt qu'elle se gare près de l'immeuble.

— Bonjour, Anne-Marie, pourrais-tu me passer Frédéric, s'il te plaît ? récité-je comme un automate.

— Oh, Élisabeth... C'est à quel propos ?

Je souffle bruyamment malgré moi : elle aussi, elle m'aura fait chier jusqu'au bout !

— J'aurais aimé lui annoncer le décès de son père. Mais tu sais quoi ? Fais-le. J'appelle Marc.

Sur ce, je raccroche sans mot dire, sous le regard éberlué du jeune pompier rouquin. Je hausse les épaules et j'appuie sur le second numéro de ma liste.

Marc est tout le contraire de son jumeau, Frédéric. Il est aussi bordélique que Freddy est maniaque, aussi extraverti que mon autre fils est introverti. Bref : le jour et la nuit.

— Salut, maman ! Vous n'êtes plus dispo cet après-midi pour les petits ?

— Bonjour, chéri. Si, si... enfin, non ! Ton père s'est cassé la pipe ce matin, ce serait bien que tu viennes sans eux, finalement.

— Il... quoi ?

Je t'avais bien dit, Gaston, qu'il ne comprendrait pas !

— Ton père est décédé. Les pompiers sont ici.

— OK. Je préviens Cathy et j'arrive.

Marc raccroche. Ah, Cathy... je l'aime bien : douce, patiente mais avec un caractère de feu. Toi aussi tu l'appréciais Gaston, remémore-toi. Qui aurait pu prévoir le coming-out de Marc après tout ? Pas elle, en tout cas... Mais ils sont restés de bons parents pour les petits, je pense même qu'ils sont devenus amis, les années aidant.

Tu te rappelles lorsqu'ils nous ont annoncé leur séparation pendant un repas de famille ? Nous étions désolés pour Cathy mais heureux que Marc se sente enfin mieux. C'était compter sans ce cul serré d'Anne-Marie. Je crois que son brushing a frisé ce jour-là, elle a failli nous faire une syncope. C'est d'ailleurs la seule fois où j'ai entendu Freddy hausser la voix: il sait tolérer beaucoup, mais rien qui ne touche son frère.

Faut croire qu'on n'a pas tout loupé.

— Les pompes funèbres ont été prévenues, vous souhaitez attendre l'arrivée de vos fils? me questionne le vieux pompier qui n'a rien perdu de ma conversation.

Ses yeux bleus trahissent sa lassitude. Combien de veuves a-t-il vues? Combien de pères a-t-il tenté de sauver?

— Pour quoi faire?

— Pour savoir s'ils emmènent le corps de votre mari.

— Parce que vous comptiez le laisser là?

Ses sourcils épais se soulèvent, créant une multitude de plis sur son front.

— Je... Vous pouvez leur demander qu'ils le prennent dès aujourd'hui ou qu'ils attendent demain matin.

— Je ne voudrais pas dormir avec Gaston à côté. Je ne crois pas que je pourrais. C'est que voyez-vous, il ronflait tellement que j'ai fini par m'habituer à dormir avec ce bruit en fond sonore. S'il était là ce soir, mais que je ne l'entendais plus, ce serait étrange, non? Quoique, peut-être retrouverais-je enfin le sommeil!

— On peut se charger de le dire aux pompes funèbres, dit-il sans me quitter des yeux.

À peine a-t-il achevé sa phrase, que quelqu'un pousse la porte d'entrée. Aux pas pressés, je reconnais Marc. Sa silhouette longiligne se fond au milieu des pompiers amassés dans mon entrée. Son pull en laine blanc habille ses fines épaules. Lorsqu'il me regarde, je vois les yeux marron, leur franchise et tout l'amour qu'il porte aux siens. Il ébauche un sourire discret, plaintif. Ses traits d'adulte se meuvent en ceux d'un enfant cherchant dans le visage de sa mère, la moindre trace que tout ceci ne serait qu'une vaste farce, dont il serait le dindon. Son allure d'ordinaire si vive n'est que lenteur quand il se dirige vers moi après avoir compris que ceux qui partent ne reviennent pas.

— Comment vas-tu ?

— Mieux que ton père.

— Maman !

Le pompier semi-retraité en profite pour s'éclipser, visiblement dépassé par ma personne.

— Je suis navrée, viens.

Mon fils se love contre moi, redevenant quelques secondes, mon tout-petit. Son tricot, doux, sent la soupline à plein nez, habitude héritée de ses années passées ici.

Il prend le tabouret assorti au mien et s'y assoit avec beaucoup plus de grâce que sa mère.

— Tu tiens le coup ?

— Ça ira. Où sont les petits ?

— Je les ai déposés chez leur mère. Elle nous rejoindra dès que ses parents pourront prendre le relais.

— Cathy vient ici aussi ?

— Bien entendu.

— Mais pour faire quoi ?

— Être là pour nous et dire adieu à papa.

— M'enfin, il est mort.

— Maman…

Il pousse un soupir las. J'aimerais bien lui dire que je suis désolée de la perte de son père. J'aimerais. Mais les mots ne viennent pas. C'est dingue ce que l'humour acerbe franchit mes lèvres sans que je n'aie besoin de réfléchir, tandis que les sentiments se font la malle dès qu'il s'agit de les exprimer.

Cathy ne met qu'une vingtaine de minutes à arriver. Vingt minutes en face-à-face avec mon fils à qui je ne sais que dire. Qu'ai-je moi-même retenu des mots de ma mère à la mort de mon père ?

La tornade Cathy débarque avec pudeur, ce qui ne lui ressemble pas. Elle est aussi petite que mon fils est grand. Ses cheveux courts accentuent ses traits fins et son regard rieur. Sa peau de porcelaine est rehaussée par des yeux verts cernés de khôl noir.

— Bonjour, Lise, comment allez-vous ?

Peu de monde m'appelle comme ça. Mon ex-belle-fille, que je connais depuis ses quinze ans, est bien l'une des rares personnes encore vivantes à le faire. Marc me fait les gros yeux tandis que je m'apprête à lui servir la même réponse.

— Je vous présente mes condoléances.

— Merci d'être venue, parvins-je à articuler.

Tandis que je me dispose à poursuivre, une odeur fait subitement son apparition. Mes narines ne se trompent jamais.

— Ton frère est là, renseigné-je Marc.

— Comment tu… ? Ah oui, le parfum.

Franchissant la porte avec fracas, ma belle-fille, illustration même de la *commedia dell'arte*, tamponne un mouchoir sous ses yeux maquillés tandis que mon fils, Freddy, la suit de près, mi-exaspéré, mi-dépassé. Ses larges épaules, affaissées, rendent sa silhouette presque bossue. Lui pourtant si grand et fier d'ordinaire. Cela ne dure que quelques secondes, assez pour que je le remarque. Ses yeux sont cernés, accentués par ses cheveux noirs, grisonnants légèrement sur les tempes.

— Oh, mon Dieu, Élisabeth, quel drame!

À peine ai-je eu le temps de la saluer qu'elle jette son corps vêtu d'un tailleur vert sapin dans mes bras, pour une étreinte à la limite de l'asphyxie. Une asphyxie de luxe, mais quand même. Me voilà donc en train de consoler ma belle-fille. Lorsqu'elle juge le moment suffisant, elle s'écarte et procède de même avec le reste de la famille, peu habituée à ce type de démonstration.

Empoté, Freddy tente une embrassade maladroite à laquelle je ne sais comment répondre.

— Je te demanderais bien comment tu vas, mais…

— Crois-moi, ce n'est pas la peine, le coupe son frère.

Nous sommes interrompus par les pompiers qui nous annoncent que les pompes funèbres vont prendre le relais.

Après les avoir remerciés, mes fils les raccompagnent à la porte, me laissant seule avec les deux femmes que tout oppose. Anne-Marie se tient droite, une petite glace de poche à la main, s'assurant de son reflet tandis que Cathy commence à nettoyer la vaisselle laissée par les visiteurs. Je ne me souviens même plus qui leur a proposé du café.

L'officier des pompes funèbres ne tarde pas à faire son entrée, accompagné de deux assistants. Les trois me paraissent similaires: petits, fins, vêtus de noir. La même coupe de cheveux courts, un parfum léger.

Après un discours pompeux, qu'ils doivent servir à toutes les familles de défunts, ils nous proposent de procéder à la levée du corps afin de le conduire au funérarium au sein duquel il sera préparé.

Mes fils semblent totalement perdus. Ils me regardent, cherchant désespérément quoi dire, quoi faire. J'aurais mieux fait de casser ma pipe avant toi, Gaston !

— Par tradition, la veillée se fait généralement au domicile du défunt, le premier soir, nous explique Anne-Marie.

— Tu veux l'emporter chez toi ? Il est encore temps de le dire aux pompes funèbres.

— Enfin, Élisabeth !

— Maman..., répondent mes fils en chœur.

— Écoutez, je ne vous ai pas attendus pour me dire comment faire. Votre père aurait fait la même chose. Et quand bien même m'aurait-il vénérée jusqu'à la décomposition, je ne veux pas dormir à côté.

Seule Cathy me sourit.

— Les garçons, vous devriez aller voir votre père tant qu'il est ici. On pourra y retourner demain au funérarium mais ce ne sera pas pareil. Allez-y, je reste ici.

Sans se faire prier, Anne-Marie les y accompagne, préférant la compagnie d'un mort à celle de sa belle-mère. Les professionnels du deuil ont la délicatesse de regagner l'entrée en attendant. Cathy s'installe à côté de moi.

— Avoue que tu as eu l'image d'Anne-Marie se trimballant Gaston dans la Mercedes toute neuve.

Mon ex-belle-fille ne peut s'empêcher de rire.

— Même un jour comme celui-ci, vous ne pouvez vous en empêcher.

— Surtout un jour comme celui-là.

— Vos fils ne sont pas forcément sensibles à votre humour en temps normal, alors là… Ils vont vous le reprocher tôt ou tard, vous le savez ? Marc ne vous en voudra pas bien longtemps, mais ça lui fait de la peine.

— Ils savent qu'ils peuvent compter sur moi.

— Ils le savent mais peut-être aimeraient-ils l'entendre. Même si ça vous coûte de le dire.

— Tu sais que tu es exaspérante ?

Elle hausse les épaules, m'offrant un sourire chaleureux dont elle a le secret.

— Il t'aimait bien, Gaston. Déjà quand tu étais avec Marc, mais encore plus après. Il avait beaucoup d'estime pour toi.

— Et moi pour lui.

— Il avait tout prévu, tu sais ?

Je sors un porte-vue cartonné que je cachais sous un set de table décoré de citrons. Sa couleur jaune s'accorde à merveille avec les murs de ma cuisine.

— Dedans, il y avait tous les papiers nécessaires pour « la suite ». Qui contacter, les numéros des différents contrats que nous avons… Tout. Il avait pensé à tout. Si j'étais morte avant lui, je lui aurais laissé un de ces bazars, moi. Il aurait dû se débrouiller tout seul pour se désabonner à des trucs auxquels je ne me rappelle même pas avoir souscrit. Il aurait trouvé un moyen, oui. C'est sûr. Finalement, je n'ai rien à faire. Juste à suivre ses instructions.

Je remets le document à sa place comme si de rien n'était. Cathy ne s'est pas départie de son sourire. J'aime les fossettes qui dessinent ses joues. J'ai toujours apprécié la gamine qu'elle était, dynamique, souriante. Et encore plus la femme et la mère qu'elle est devenue.

— Il vous aimait beaucoup.

— Hum…

Et je t'aimais tellement. La première fois que je t'ai vu, mon Gaston, tu sortais du lycée. Je n'y avais jamais mis les pieds. Pas même obtenu mon brevet des collèges. Tes chaussures étaient luisantes quand les miennes commençaient à se déchirer. Tes bras étaient chargés de livres dont je peinais à lire les titres. Le linge fraîchement repassé par ma mère m'avait échappé. Les draps blancs étaient tombés au sol. L'espoir d'être payée par la concierge du bâtiment voisin aussi. Tu t'étais agenouillé et tu m'avais dit qu'il y avait d'autres manières de t'aborder. T'avais souri, Gaston. Un sourire qui se grave dans la rétine de celui qui regarde. Ensemble, nous avions mis de l'ordre dans le chaos. T'avais fait du charme à la vieille concierge qui n'était pas dupe. J'avais été payée.

Quand tu avais insisté pour me raccompagner, j'ai eu honte. Nous quittions les beaux quartiers pour ceux, ouvriers, dont je connaissais chaque recoin, chaque brin d'herbe à force d'y avoir usé mes souliers. Tu m'avais confié que ton père allait te faire entrer à l'usine de la ville une fois le lycée achevé, mais pas de passe-droit, tu allais gravir les échelons. Tu avais la niaque de ceux qui savent rêver. Et avec toi, j'ai appris à le faire aussi.

À tes côtés, je goûtais à une vie nouvelle, les livres que tu me lisais me faisaient voyager. Quand je t'avais confié que les mots dansaient sur les pages, tu ne t'étais pas moqué comme tous les autres. Tu m'avais proposé de lire pour moi et tu l'as fait toute la vie.

Ton rire me délivrait de ces journées sans fin à voir ma mère et mes frères bousiller leur santé pour gagner quelques sous. Tu étais une bouffée d'oxygène après une traversée de la Manche en apnée. Quelques années plus tard, tu voulais m'épouser. Tes parents n'ont pas sauté de joie. Pour eux, je resterais toujours cette étrangère venue de si loin avec sa peine en baluchon. Celle que les professeurs peinaient à faire lire et n'y sont jamais vraiment parvenus. Celle qui allait gâcher ta vie. Ce soir-là, sur le chemin du retour, j'avais eu envie de pleurer. Tout ce temps avec toi, c'était un aperçu de toute une vie à tes côtés. C'était tremper ses lèvres au bord d'un chocolat chaud pour se le voir retirer d'un coup. « On se gâche la vie, alors ? tu m'as demandé sans me quitter des yeux. Ils ne te connaissent pas, ma Lise. Moi, j'ai compris qui tu es. »

Tu m'avais choisie moi. Adieu tes parents qui ne sont pas venus aux noces, ta place à l'usine que tu attendais avec entrain. Tu m'avais choisie moi et je n'ai jamais bien compris pourquoi.

Je sors un papier délicatement plié de la poche de ma blouse et le lui tends. Cathy s'en empare et le lit en silence. Ses yeux s'emplissent instantanément de larmes. Lentement, elle le replie et me le rend.

— Vous devriez effectivement faire ce qui est écrit.

Je le range à l'endroit où je l'ai pris quelques instants plus tôt.

— Tu ne diras rien ? Je ne tiens pas à le leur montrer.

— Promis, répond-elle visiblement très émue.

Nous sommes interrompues par Marc, les yeux rougis d'avoir pleuré son père. Cathy se lève pour le prendre dans ses bras.

— Tu veux y aller, maman ? Lui dire au revoir avant qu'ils ne l'emmènent ?

— Il est déjà parti. Tout a été dit.

Mon fils se redresse, quittant l'étreinte de son ex-femme. Son visage si rieur a laissé place à un masque de cire. Il a l'air épuisé.

— Tu veux venir dormir chez moi ce soir ? Ou que je reste ici avec toi pour la journée ?

— Non, non, rentre donc auprès de tes enfants. On peut peut-être déjeuner ensemble demain matin ? tenté-je maladroitement.

Surpris, il approuve ma proposition d'un hochement de tête, frottant sa joue d'un revers de main.

— Je passerai te prendre avant l'ouverture du funérarium si tu veux.

— Voilà, faisons comme ça.

Freddy nous rejoint, le visage fermé. Ses traits se sont de nouveau durcis quand il nous informe qu'ils vont reprendre la route et nous rejoindront directement au funérarium le lendemain. Il m'embrasse sur le front en vitesse, ravalant ce que je pense être un sanglot, et s'échappe à l'extérieur, suivi de près par sa femme.

Alors que Marc est sur le départ, Cathy se retourne discrètement et je lis sur ses lèvres « Ça ira ? ». Je réponds par l'affirmative d'un signe de tête. Elle m'envoie un baiser de la main avant que la porte ne se referme dans un silence étourdissant.

Gaston n'est plus là.

*

Je n'arrive pas à dormir. Je n'essaie même pas, à dire vrai. Assise dans mon fauteuil devant la télévision éteinte, j'attends, fixant mon propre reflet sur l'écran plat.

Je ne sais pas vraiment quoi, mais j'attends. Que le temps passe peut-être ? Que quelqu'un sonne à la porte et me dise que c'est une farce ? Pas drôle, certes, mais une blague quand même ? Mieux encore, j'ouvrirais la porte et tu serais là. Tu ne m'aurais pas laissée.

Je me souviens de notre premier appartement, qui n'en avait d'ailleurs que le nom. Une pièce étroite et mansardée dont les toilettes partagées étaient sur le palier. Tu as tenu à me faire passer le seuil dans tes bras. Ton sourire masquait pudiquement la tristesse de ne pas avoir vu tes parents à nos vœux. Je t'ai dit que je t'aimerai toute ma vie, et j'ai tenu parole. Cette nuit-là, tu m'as dit que c'était à moi que tu pensais lorsque tu te levais, et quand tu t'endormais. Que j'étais la première personne à qui tu voulais raconter les histoires drôles que tu entendais parfois au boulot. « Je veux passer ma vie à essayer de te faire rire. Le monde peut être joli, ma Lise, mais pas aussi beau que toi », avais-tu dit. Tu n'avais pas besoin que je fasse de grands discours, les mots étaient pour toi quand, moi, j'avais le silence. Aujourd'hui, j'aimerais tout te dire mais tu m'as coupé la parole.

Mes ongles grattent le tissu déchiré des accoudoirs du fauteuil. J'observe les murs du salon, d'un vert pâle un peu passé, et la tapisserie qui se décolle à peine dans l'angle supérieur au-dessus de la télé.

Il faudrait que je dise à…, pensé-je avant de conclure que je ne te dirai plus qu'il faudrait la recoller avant qu'elle ne tombe.

C'est peut-être cela le plus étrange depuis que tu n'es plus là, Gaston. Enfin, depuis hier, à en croire l'horloge. Je crois que je vais finir comme ces vieilles qui parlent toutes seules. Ou peut-être me faudrait-il prendre un chat pour me donner l'illusion de quelqu'un à qui m'adresser ? Mais, à mon âge, je ne vais pas signer pour un chaton qui va m'enterrer et se trouver en refuge. J'ai un cœur tout de même. Et puis, je n'aime même pas les chats.

Lorsque la pendule sonne 5 heures du matin, je me dirige vers notre chambre. Les draps bleus sont encore impeccablement tirés au carré sur le lit blanc. Les personnages de la scène estivale, encadrée au-dessus de la tête de lit, m'observent. Je crois bien qu'ils me jugent.

Aidée d'un petit escabeau, je fouille le haut de notre armoire. Tout au fond, entre le linge d'été et la pile de draps, je sens le petit paquet taquiner le bout de mes doigts. Je m'en empare et tente de redescendre sans tomber. Manquerait plus que je me casse le coccyx !

Les cigarettes en main, je marche le long du couloir, observée par les photos de famille, armée d'un briquet trouvé plus tôt dans la cuisine. Vingt ans que ce paquet entamé dormait dans notre armoire sans que jamais je n'y retouche. C'est que tu détestais l'odeur et me disais que tu ne souhaitais pas m'enterrer prématurément. J'aurais mieux fait de fumer, tiens !

Avant de sortir de l'appartement, situé en rez-de-chaussée, je prends soin d'ouvrir les volets en bois bleu de ma cuisine et laisse la lumière allumée afin de m'éclairer au mieux.

Une fois à l'extérieur, je me pose sur la chaise blanche en fer forgé située juste sous la fenêtre.

C'est cette cour qui t'a directement séduit lorsque nous avons visité l'appartement. Qui aurait pu croire que les épaisses portes de bois pouvaient cacher un lieu resté figé dans le temps ? Les vieux pavés, lissés par les siècles, les murs de pierres blanches qui s'étendent sur trois niveaux, le jasmin qui court le long de la gouttière. J'ai vu dans ces murs une âme chaleureuse, qui serait restée là pour veiller sur ses habitants. Je m'y suis sentie à l'abri, bercée du sentiment d'avoir trouvé ma place.

« Un havre de paix au milieu du centre-ville », tu disais. Enfin, « centre-ville », c'est vite dit pour le petit bourg de notre village. Mais c'était chez nous. Nous y étions à l'étroit à l'adolescence des garçons, qui devaient partager leur chambre ; puis nous avons trouvé l'espace abyssal lorsqu'ils ont quitté le nid et que nous avons dû réapprendre à vivre à deux.

Je me rappelle lorsque tu as agité ta main noueuse pour leur dire au revoir. « Nous y voilà », as-tu simplement dit. Nous avons repris nos marques, inscrit de nouvelles habitudes. Essuyé quelques disputes qui ne duraient jamais. Tu te baladais l'après-midi en ville, moi, je nourrissais les canards du halage le matin. Une routine, en somme. La nôtre.

Le froid de l'hiver me saisit, je tire sur ma cigarette et crache aussitôt mes poumons. Mon Dieu, comment ai-je pu aimer ça un jour ?

Mais les suivantes font remonter une vague de souvenirs. Ces soirées au camping où tu sifflotais en faisant le barbecue, nos enfants qui riaient en jouant à la balle dans la cour, nos engueulades en voiture. Je ne sais pas pourquoi nous choisissions toujours la voiture pour parler. Peut-être parce que tu savais que je ne pourrais pas partir et fuir la conversation.

J'ai essayé une fois, tu te rappelles ? J'ai ouvert la portière sur la départementale pour Arcachon. Tu m'as traitée de folle et tu as ri, en t'arrêtant sur le bas-côté. « Tu préfères sauter de voiture que de finir cette discussion ? Dieu, faites que notre mariage soit toujours aussi mouvementé ! » C'était notre lune de miel. Tu avais économisé durant des mois pour nous payer une semaine de camping sur le bassin d'Arcachon. C'était d'ailleurs la première fois que j'y mettais les pieds, moi qui ai toujours vécu dans le Médoc. C'est étonnant ce que quelques kilomètres peuvent donner l'impression d'être dans un nouveau monde.

À 6 heures du matin, mon paquet plus qu'entamé sur la table, il est temps de prendre une douche. Je passe devant le bureau en jetant un coup d'œil, mais tu n'es pas là. Les volets fermés laissent filtrer les reflets de la lune, éclairant au passage les photos accrochées au mur crème, face au bureau de bois.

Armé de ton vieil appareil, tu immortalisais tout ce que tu trouvais beau. Et, dans tes yeux, il y avait un paquet de choses, même moi. Je chasse la tristesse avant qu'elle ne me submerge et j'entre dans la salle de bains.

Repeinte en vert, un mois plus tôt, elle me paraît terne tout à coup. Ton eau de Cologne m'a saisie à la gorge dès que je suis entrée. J'ai envie de prendre toutes tes affaires et de les jeter. Tes vêtements, ta brosse à dents, même tes bérets qui te rappelaient tes origines basques. Enfin, celles de ta grand-mère surtout. Tout. Tout ce qui me rappelle que tu m'as laissée.

Et pourtant, j'ai encore l'espoir que, dans quelques heures, lorsque Marc viendra me chercher, tu seras à ses côtés, ton sourire de biais et tes bons mots, m'accueillant comme chaque fois que tu me quittais quelques heures, jamais plus. C'est peut-être pour cela que je mets un peu de rouge à lèvres et de fard à joues. Pour te surprendre à mon tour.

« Tu es belle, ma Lise », que tu disais. J'ai toujours eu tant de mal à voir le beau en moi. Mais toi, si. Tu voyais la gentillesse derrière la rudesse. La joie derrière les traits tirés ou les moues boudeuses.

Lorsque Marc avance dans la cour, à l'heure convenue, après avoir garé sa voiture à l'extérieur, je ne t'y vois pourtant pas. Notre fils me sourit à travers la fenêtre de la cuisine. Emmitouflé dans un blouson de cuir, il agite sa main gantée et me rejoint à l'intérieur.

— Tu as réussi à dormir ? m'interroge-t-il en m'embrassant sur la joue tandis qu'il m'aide à enfiler mon manteau.

— Un peu, mens-je pour ne pas l'inquiéter. Les petits vont bien ?

— J'ai dû leur annoncer. Enfin, Cathy et moi l'avons fait. J'ai dîné chez elle, finalement. Ses parents sont venus les garder ce matin directement à la maison. La pauvre, elle voulait vous présenter son nouveau copain, Tom… Papa l'aurait apprécié.

— Toi, tu l'aimes bien ?

Il me sourit gentiment et c'est avec la franchise qui le caractérise si bien qu'il me répond :

— Honnêtement, oui. Il adore Cathy, ça se voit directement quand on le regarde. Il n'a d'yeux que pour elle. Les enfants semblent l'apprécier et je pense que c'est réciproque. De toute façon, je suis assez mal placé pour lui dire comment mener sa vie alors que j'ai refait la mienne.

Marc et Cathy ont divorcé il y a cinq ans. Malgré la colère du début, ils n'ont pu effacer l'amitié et le profond respect qui les ont toujours unis. Lorsque Marc a présenté Joseph, son compagnon, à Cathy, ils ont spontanément accroché. Ils forment une famille peu ordinaire, qui fait friser Anne-Marie, et que je trouve parfaitement harmonieuse.

— On a déjà dîné ensemble et le courant passe bien. Tu sais que c'est important pour Cathy et moi.

— Vous vous en sortez très bien. En tant qu'amis mais surtout en tant que parents, marmonné-je.

Marc se fige et me dévisage subitement gêné.

— Je… euh… merci, maman.

— Hum… Allez, tu m'as promis un petit déjeuner.

La gêne rompue, Marc m'accompagne jusqu'à la voiture et ouvre la portière, m'aidant à prendre place.

Il me propose de nous rendre dans un petit café situé non loin du funérarium. Les tables en formica donnent un aspect vintage à l'établissement, certainement l'effet recherché par la patronne, une trentenaire aux bras tatoués. Et dire qu'elle a dû payer ça une fortune alors que nous n'en pouvions plus à la fin des années 1970 !

Nous nous installons à proximité de la baie vitrée. Le néon clignotant du fleuriste cible la clientèle du funérarium. D'ailleurs, est-ce que tu voudrais des fleurs, Gaston ? Et puis, lesquelles ? Les jaunes feront peut-être trop gais pour des funérailles ? Les couronnes que je trouve franchement laides ? Des blanches comme à l'enterrement de ta mère ?

— À quoi tu penses ?

Marc me dévisage à la fois inquiet et curieux. Il rajuste son col roulé et retrousse ses manches. Deux cafés accompagnés de chocolatines « revisitées » nous sont servis. Des chocolatines, quoi. Avec une forme étrange et 1 euro de plus sur l'addition. Je ne me souviens même pas avoir commandé.

— Aux fleurs. Je crois que ton père aimerait des fleurs blanches. À l'enterrement de ta grand-mère, on avait fait couvrir sa tombe de roses blanches, comme dans la chanson[1], mais tu ne dois pas connaître, tu es trop jeune. C'était excessivement cher, je m'en souviens encore. Mais ton père y tenait parce que c'étaient les fleurs préférées de sa mère.

1. Berthe Sylva.

Il suit mon regard en direction du fleuriste qui ouvre sa boutique. L'homme d'un âge certain dispose ses fleurs, le sourire aux lèvres. Ça doit être ça, être passionné par son métier. Comme toi, Gaston, qui partais à l'usine chaque matin en sifflotant. Tu travaillais dur pourtant, même si au fil des ans, ta carrière a évolué. Tu ne t'es jamais plaint, n'as jamais été en arrêt maladie. Pas une fois je ne t'ai entendu dire que tu en avais marre, pas même aux portes de la retraite. Lors de ton pot de départ, tous tes collègues ont fait ton éloge, disant que ta bonne humeur manquerait. Peut-être seront-ils présents pour tes obsèques ? S'ils ne sont pas morts avant toi.

Notre petit déjeuner terminé, nous rejoignons Frédéric qui nous attend devant l'entrée du funérarium. Il a revêtu un costume, de ceux qu'il doit mettre à la banque quand il reçoit des clients importants. Légèrement serré à la gorge, je me demande s'il ne va pas s'étouffer avec. Ce serait quand même bête de lui faire une place si tôt à côté de toi.

— Bonjour… J'ai eu le notaire au téléphone, il devrait te contacter d'ici peu pour voir la succession. L'agent des pompes funèbres est venu me saluer, je lui ai dit que je vous attendais.

Pragmatique, comme d'habitude. De nos jumeaux, il est celui qui me ressemble le plus tandis que Marc est ton portrait craché. Je sais que son chagrin est niché au creux de cette organisation qui lui permet de se maintenir debout.

Nous pénétrons dans le bâtiment sobrement décoré et sommes accueillis par un officier tout de noir vêtu, posté devant le comptoir d'accueil ébène. Des fleurs rose pâle sont sobrement disposées, tentant d'égayer le moral des troupes. Peine perdue. Sa mine triste et sombre accentue l'ambiance déjà en berne. Quel boulot étrange que le sien !

— Madame Martineau, je vous présente mes condoléances. Nous nous sommes vus hier. Si vous le voulez bien, je vais vous conduire auprès de votre époux et nous réglerons ensuite les détails liés aux obsèques.

Comment passer outre ses traits tirés, ses cheveux dégarnis organisés de côté pour masquer le temps qui passe et son léger cheveu sur la langue ? J'aurais pourtant juré hier qu'il était bien plus jeune, tout comme ses assistants. C'est fou ce que la mort joue des tours.

— Notre père avait déjà pris ses dispositions, le coupe Freddy, mon frère et moi finaliserons avec vous, si vous n'y voyez pas d'inconvénients. Nous aimerions que notre mère n'ait pas à se soucier de ça.

Tu vois Gaston, je me dis qu'on en a loupé des choses dans notre vie, mais nos enfants… je crois qu'on a vraiment réussi à faire d'eux des hommes bons.

*

Bon Dieu, que c'est chiant ! Tu n'aurais pas aimé, mon Gaston. Tu sais la boulangère que tu trouvais détestable ? Tu me crois si je te dis qu'elle est venue ? Et la larme à l'œil qui plus est ! Marc m'a serré la main pour que je ne dise rien de gênant tandis que Frédéric… eh bien, il a fait du Freddy : poli, gentil, accueillant. Pragmatique. Un Freddy au congrès d'un nouveau livret d'épargne à la mode.

Tu ne m'en voudras pas de ne pas être venue tous les jours au funérarium. Voir les gens défiler auprès de toi, je n'en avais pas envie. Tu n'es plus là, Gaston, enfin si, toujours, mais pas là-bas entre quatre planches.

Les garçons t'ont rendu visite, eux, chaque jour. Cathy et Anne-Marie aussi. Marc a trouvé judicieux de me confier les petits dès qu'il allait te voir. C'est ainsi que j'ai dû expliquer à Lucas et Margaux, sept ans, ce que c'est que de « mourir pour de vrai ». Ils sont loin d'être bêtes : l'histoire du « papi est monté au ciel », on ne la leur fait pas !

« Mamili, le papa de Jean, à l'école, il a été enterré, comment tu veux qu'il monte au ciel après ? — C'est une bonne question, tu demanderas à maman et papa », j'ai répondu.

« Tu vas mourir, toi ? » Et pardi, j'espère bien ! Enfin, je n'ai pas dit ça comme ça. J'ai maudit Marc pendant quelques minutes, je dois bien te l'avouer.

Aujourd'hui, ce sont leurs grands-parents maternels qui les gardent. Cathy et Marc ont estimé qu'ils n'avaient pas leur place à des funérailles. C'est leur décision après tout. Tu imagines ce qu'on vivait, nous, à leur âge ? On savait ce qu'étaient la mort et tous les tracas de la vie. Est-ce que c'était mieux ou bien pire ? Je n'en sais rien.

Et puis, comme tu vas être incinéré, va leur expliquer que tu montes au ciel après ça ! Quoique, c'est peut-être plus facile, techniquement.

— Oh, Élisabeth, je suis tellement navrée, toutes mes condoléances, me souffle la boulangère, la voix tremblante.

— Hum… merci.

— Venez, je vais vous montrer le livre si vous souhaitez y laisser un message.

J'esquisse un sourire à Freddy, le remerciant intérieurement d'éloigner les pleureuses.

Les garçons ont choisi de belles musiques pour ta cérémonie. Il n'y a pas à dire, c'était émouvant. Marc a lu un mot écrit par les petits, ça a refait pleurer la boulangère. Quelques-uns de tes anciens collègues étaient présents.

Finalement, je te l'accorde, c'était une jolie cérémonie mais tout ce monde qui pleure, tu aurais trouvé ça déprimant. Anne-Marie a couvert l'odeur de l'encens de son parfum préféré, le brushing impeccable. Elle a même mis du mascara waterproof, c'est elle qui l'a dit, pour ce que j'y connais, moi. Freddy est resté impassible, gérant ton décès comme l'ouverture d'un livret A. Professionnel. Marc a la voix qui a flanché un instant et je l'ai vu essuyer une larme, vite consolé par Joseph. Il a rasé sa barbe de quelques jours exprès pour toi. Ça faisait ressortir ses pommettes hautes, lui donnant belle allure. Cathy est venue accompagnée de Tom, son nouveau compagnon. Qu'est-ce qu'il est élégant ! Un bel homme. Et Marc avait raison, il n'a d'yeux que pour elle. Je suis contente. Tu le serais aussi.

Bref, si on devait donner une note à ton départ, comme dans l'émission de cuisine que tu aimais bien, ce serait un 9 pour la déco et un 7 pour l'ambiance, les pleureuses ont tout plombé. Pour le verre de l'amitié, j'ai décidé de ne pas convier les gens chez nous. On n'aimait pas trop recevoir en dehors de nos enfants, on ne va pas changer ça.

Lorsque j'arrive à la maison, conduite par Freddy et Anne-Marie, seuls Cathy, Tom, Marc et Joseph nous suivent, entassés dans la même auto. C'est Anne-Marie qui s'est chargée du ravitaillement. J'en ai été étonnée, mais elle a insisté pour que je n'ai pas à m'en soucier. Tandis que je pensais qu'elle nous aurait inondés de petits-fours et de champagne, elle a finalement réalisé un buffet froid, simple, à notre image, et non à la sienne.

Je m'apprête à les aider avant de me rendre compte que je tiens toujours l'urne dans les mains. Enfin, toi du coup, en plus léger. Je ne savais pas où te mettre. Pas dans un caveau, tu n'aurais pas aimé. Alors je n'ai rien trouvé de mieux que de te ramener à la case départ. Discrètement, je file te poser sur le bureau, juste à côté de ton appareil photo, entre le cadre souvenir de notre mariage et les diplômes des garçons.

J'aimerais te dire que la boucle est bouclée mais il va falloir que je te trouve un endroit plus convenable. Je n'ai pas envie que les petits te cassent et il sera difficile de leur dire que papi est dans le bureau.

Lorsque je reviens dans le séjour, tous m'attendent. La lumière de la suspension me paraît trop intense. Les regards, presque inquisiteurs. Je voudrais leur crier de partir, tout en les retenant pour qu'ils ne me laissent pas.

Freddy me tend un verre de porto que j'accepte assez facilement, moi qui tiens si peu l'alcool.

— Une bonne chose de faite.

Cathy tente de cacher un début de fou rire tandis que nos fils lèvent les yeux au ciel.

— Quoi ? Vous n'allez pas me dire que ce n'était pas long et pénible ? Et puis ce délai d'attente avant les funérailles ? Je ne savais pas s'il était au funérarium ou chez le taxidermiste.

Anne-Marie manque de s'étouffer avec sa gorgée de vin blanc.

— Maman ! C'est toujours pareil avec toi, tu ne prends jamais les choses au sérieux. Tu n'en as peut-être rien à faire mais on a perdu notre père !

Freddy pose son verre sur la table d'un geste sec et sort de la pièce, suivi par une Anne-Marie contrite.

— Je n'en ai pas rien à faire, dis-je dans un souffle. Je sais que vous l'aimiez beaucoup.

Marc hoche la tête avant de me toucher le bras. Il s'excuse auprès des autres et part rejoindre son jumeau et sa belle-sœur à l'extérieur.

— Lise !

— Je sais, je sais, coupé-je Cathy afin de finir mon porto d'une traite.

— Je ne vous ai jamais vue soûle… déjà que vous n'avez pas de filtre d'ordinaire, je n'ose imaginer, se moque-t-elle gentiment.

— Je crois bien que ça ne m'est arrivé qu'une seule fois, dis-je en m'asseyant sur le siège de la salle à manger. Au gin. Effectivement, je n'avais pas ma langue dans ma poche. Tu sais à notre époque, les filles ne buvaient pas trop, ou alors si, mais on savait que ça faisait mauvais genre. J'étais de sortie avec mes frères et un ami à eux a ramené du gin de Dieu sait où… J'en ai bu à peine mais dis donc ! Gaston m'a fait danser, ce qui n'a pas trop plu à mes frères, et je lui ai écrasé les pieds. Il leur aurait dit : « Un jour, je vais l'épouser. » Il m'a raconté plus tard qu'ils l'ont chambré en lui disant qu'il ne tiendrait pas le voyage de noces avant de demander le divorce. Il avait bu lui aussi, tu sais. M'enfin, il faut croire qu'il avait vu juste.

Tous trois me sourient, amusés et visiblement émus de l'anecdote. C'est fou l'effet que me fait Cathy, avec elle, je m'épanche. J'en deviendrais presque bavarde.

— Les garçons savent comment vous vous êtes rencontrés et ce que vous avez vécu ensemble ?

— Je ne crois pas. Qui ça intéresse ?

— Eux, justement. Ils seraient touchés de connaître cette partie-là de vous, de votre histoire.

Les intéressés reviennent, accompagnés d'une Anne-Marie désolée. Freddy s'excuse auprès de tout le monde, indiquant qu'ils vont rentrer. Ma belle-fille ne sait visiblement plus où se mettre.

— Je me charge des papiers, si tu es d'accord. Marc m'aidera au besoin. On passera dans la semaine pour t'amener aux différents rendez-vous, dit-il à mon attention.

Je hoche la tête ne sachant que dire de plus. Mon fils part sans ajouter un mot, Anne-Marie sur les talons. Ils ont la délicatesse de ne pas claquer la porte en sortant, rendant leur départ un peu moins lourd à supporter pour ceux qui restent. Les secondes qui suivent sont cependant compliquées pour chacun. Nous nous dévisageons, ne sachant que dire.

— Il s'en remettra, m'indique Marc, désolé, rompant enfin le silence.

— Oh, je sais bien… Je crois que cette fois-ci, je l'ai mérité.

— C'est déjà un grand pas que tu le reconnaisses ! s'amuse-t-il. Mais où avez-vous donc mis ma mère ?

J'aimerais lui répondre qu'une partie de moi est enfermée dans une boîte dans le bureau, entre un vieil appareil photo et un cadre désuet.

*

C'est quand tout le monde part que la solitude arrive, la vraie. Lorsque la porte d'entrée claque finalement et que personne ne la rouvre en disant que tout ira bien. Mais, à mon âge, qui croirais-je encore ?

Tu l'as sentie, toi aussi, n'est-ce pas ? La tristesse qui s'est décuplée dès que j'ai tourné la clé dans la serrure. Pressant ma poitrine, elle s'est incrustée dans mon cœur, à la place que tu as laissée en partant. Elle est arrivée comme une vague au bord de l'eau. On ne prend conscience de la taille que lorsqu'elle éclate sur le sable, vous emportant avec elle.

Je n'ai jamais aimé aller à la plage. Trop imprévisible. Je me rappelle encore nos vacances dans les Landes avec les petits. Freddy et toi vous avez été emportés par une vague. Je vous ai vu dériver, le cœur au bord des lèvres, Marc en pleurs, accroché à ma jambe. Les secours vous ont vite ramenés sur la rive, rien de grave si ce n'est une grosse frayeur. Tu as ri, expliquant à Freddy qu'il avait été très courageux, que la seule solution avait été de vous laisser dériver. Heureusement qu'il ne s'était pas trouvé avec moi. Je me connais, j'aurais essayé de nager contre le courant. Une tête de mule. Toi, tu en as ri et les étés suivants, tu t'es baigné sans crainte avec eux.

Tout aurait été plus simple si tu avais attendu que je parte en premier. Tu n'aurais pas essayé de nager à contre-courant toi, non. Tu aurais essayé de trouver ce qui est beau. Tu n'aurais eu de cesse de le chercher tandis que je ne sais pas quoi faire.

Assise dans mon fauteuil aux accoudoirs abîmés, j'attends. Je me répète que tu vas franchir la porte, il me suffit de compter les yeux fermés et d'y croire de tout mon cœur. 3… 2… 1…

Seul le silence répond à ma prière lorsque j'ouvre les paupières. Lui, et les murs ternes que je me prends à détester depuis que tu n'es plus là. Nom de Dieu !

De toute façon, je ne suis pas sûre de croire en lui. S'Il avait existé, Il t'aurait laissé à nos fils. Tu as toujours mieux su les gérer. Toi, tu savais leur dire que tu les aimes, les prendre dans tes bras, les consoler.

Je me glisse devant la fenêtre de ma cuisine et suis saisie par le froid qui me rappelle que je suis vivante. Mon paquet est presque vide. Gaston, tu savais que les tarifs avaient augmenté ? Bien sûr que non. Tu n'as jamais fumé, toi. C'est Cathy qui me l'a dit. Plus de 10 euros pour choper une maladie, c'est cher payé ! Enfin… il va falloir que j'aille au tabac demain.

Tandis que j'écrase ma cigarette consumée, un miaulement rauque, proche d'un cri d'agonie, me fait sursauter. Un vieux chat roux m'observe à quelques pas. À demi caché par la pénombre, faiblement éclairé par le réverbère métallique, je jurerais qu'il est borgne. Ses poils longs sont emmêlés. *Un chat de gouttière. Il doit être rempli de puces*, pensé-je. Manquerait plus que le lampadaire ne lâche et ça virerait en film d'horreur.

— Ce n'est pas une heure pour faire peur aux vieilles ! Sors de là, tu vas réveiller tout le quartier avec ton miaulement étrange.

Il me snobe. Quand je repense à mes frères qui, enfants, tiraient sur les chats au lance-pierres... On vivait à la campagne et les distractions étaient limitées. Enfin, ils auraient des problèmes aujourd'hui. Le plus âgé de mes frères, Jean, est décédé d'un cancer. Il avait soixante ans. Les enfants l'aimaient bien, il leur ramenait toujours des cochonneries à grignoter, tu te souviens ? Ça me rendait folle. Le vieux garçon qu'il était est parti tout en discrétion après des années à lutter en vain. La fin n'a pas été belle, ça, je m'en souviens. Yvon, mon autre frère, ne s'en est jamais vraiment remis. Même toi, tu n'as pas réussi à le faire sourire. Il a retrouvé un peu de joie de vivre en partant habiter aux Antilles. Il m'a appelée ce matin d'ailleurs, pour savoir comment j'allais. Il ne s'est pas laissé abuser par mes jeux de mots, tu le connais. C'est qu'il m'aurait presque décroché une larme, cet idiot. Il m'a fait promettre de venir le voir. Soyons honnêtes : je ne vais même pas au bourg pour boire un café, imagine, moi, prendre l'avion !

Son miaulement déchire le silence.

— Psss, allez, sors de là, va-t'en ! Ça en a peut-être l'air, mais ce n'est pas l'hospice ici.

L'animal me tourne le dos, révélant une partie bien fournie de son anatomie, avant de prendre la poudre d'escampette.

Seule dans la cour, bercée par le bruit de la nuit, je me rallume une cigarette. Beaucoup de gens disent que la nuit les angoisse. Trop silencieuse. Depuis que je sors chaque soir, je trouve au contraire qu'elle est plus bruyante que je ne l'aurais cru. Les chouettes se laissent entendre au loin, tandis que des chats errants font leurs affaires, se battant parfois, ou jouant avec la nourriture qui traîne dans les poubelles. Un bébé pleure, réclamant le sein de sa mère, un jeune joue à ses jeux vidéo, criant à tout bout de champ. Non, décidément, la nuit n'est pas silencieuse.

Je prends le temps de jeter mon paquet vide dans la poubelle de tri, serrant mon châle un peu plus fort sur mes épaules, le bout de mes doigts complètement gelé. Les lourdes portes condamnent la cour, fermée à clé par un mécanisme électrique, commandé par un petit boîtier distribué à chaque résidant. Des poubelles à l'entrée, je vois mon petit immeuble et la lumière qui éclaire un bout de la propriété par la fenêtre de ma cuisine.

Un sentiment profond m'étreint le cœur, mêlant nostalgie et amour mélancolique pour ce lieu qui m'est si cher. Cette cour a vu les premiers pas de mes fils, nos engueulades et nos plus grands fous rires. Elle a vu les rides apparaître au coin de nos yeux et les tiens se fermer.

Je chasse la tristesse d'un raclement de gorge et retourne vers mon appartement. Une fois à l'intérieur, mon corps se réchauffe petit à petit. Plus un bruit ne s'échappe à part le crépitement des chauffages à gaz lancés à plein régime. Mes pensées ne sont plus interrompues par rien… Je crois finalement que je vais retourner dehors.

*

Le lendemain matin, incitée par l'odeur qui commence à être persistante, l'idée de sortir la poubelle s'impose. Je l'ai tellement chargée qu'à ma première tentative, la moitié des ordures se répand sur le sol, rompant la poche plastique. Il me faut bien cinq bonnes minutes pour remplir un nouveau sac et nettoyer les immondices laissées par terre.

Je n'avais jamais eu à le faire avant. Tu t'en es toujours chargé.

Chaussée de crocs jaunes et d'un peignoir douillet, je sors de l'appartement, me protégeant du froid comme je le peux. Il vous saisit jusqu'aux os en ce moment. Les yeux cernés d'avoir passé la nuit devant une émission à la noix, je n'ai pas pris la peine de regarder mon reflet. À 7 h 15, peu de chances que je croise âme qui vive dans la cour.

C'est le moment idéal choisi par ma voisine, une quarantenaire, célibataire, pour amener son fils au lycée. Apprêtée, chaussée d'escarpins à talons qui claquent sur les pavés, elle somme l'adolescent de bien vouloir se dépêcher. Son accent italien est charmant. Il me rappelle le chanteur que tu aimais bien.

Je soupçonne son fils d'avoir passé la nuit sur ses jeux vidéo. Grande tige aux cheveux noirs, il est la nonchalance même tandis que sa mère est tout en dynamisme. Lorsqu'elle me salue, je considère enfin ma tenue. N'ai-je pas le privilège de l'âge? Ou du moins cette excuse cachera-t-elle ma gêne.

— Mes condoléances pour votre époux, madame Martineau, prend-elle le temps d'ajouter.

— Merci.

Elle repart aussitôt au pas de course, suivie par son énergumène. Je n'ai pas encore fermé la porte que j'entends le môme baragouiner «Elle est moins aimable que lui! Il n'y a pas une expression du genre "Les meilleurs partent en premier?"», questionne-t-il sa mère sous ses réprobations.

Si seulement il savait.

C'est touchée plus que je ne veux me l'avouer, que je me fais couler un café, allongé d'une touche de lait. «Un poison pour l'estomac», que tu disais. Au point où tu en es, tu aurais mieux fait d'en boire toi aussi, tu vois.

Installée à la table de la cuisine, sur mon assise craquant au moindre mouvement, je savoure donc mon poison. Tout à coup, j'entends un bruit étrange à la fenêtre. Réchauffé par les rayons du soleil naissant, le chat roux s'est installé sur la bordure, s'étirant en faisant gratter ses griffes sur le rebord.

— Ça ne va pas, non! Allez, du balai!

Le diable s'en fiche royalement. Il me nargue en s'étirant de tout son long. Je tape de plus belle sur le carreau, espérant chasser le malotru. Rien n'y fait. Oh et puis zut!

— Tu as gagné, sac à puces! Savoure ta victoire.

Comme s'il m'avait entendue, ou du moins, s'il m'avait comprise, il miaule à s'en décrocher la mâchoire, découvrant une rangée de dents éparses, dont certaines semblent avoir été cassées.

— Toi aussi, tu as dégusté mon vieux… Si mon Gaston avait été là, on aurait été bons pour t'adopter, mais moi, je ne suis pas très chat. Vous êtes des filous. On ne sait pas à quel moment votre cerveau vrille : un coup de griffe n'est jamais loin. J'aimerais te dire que je suis plus « chiens » mais même pas. Ils te suivent à la trace, bavent… Non, décidément, ni l'un ni l'autre.

Je hausse les épaules sous l'œil captivé du greffier.

— Cendrillon va quitter ses guenilles. Tu n'as qu'à rester là, après tout.

Je quitte la cuisine pour aller m'habiller plus correctement, non pas qu'on m'attende quelque part. Mes cheveux blancs coiffés en chignon, je regagne la cuisine et constate le départ de mon visiteur avec un léger pincement au cœur. Mais qu'est-ce qui me prend ?

Je sors de quoi préparer mon fameux riz au lait. Après tout, on est dimanche.

Et maintenant… que vais-je faire[1] ?

— Dans trente minutes, elle est déjà partie. Tu seras prête, maman ?

Vingt fois que je lui confirme que oui. Frédéric devait m'emmener à la banque et chez le notaire et voilà qu'il a un empêchement. Je me retrouve donc à bénéficier des services de ma belle-fille, Marc étant occupé à son travail. Un client lui a commandé un nouveau meuble et l'ébéniste passionné qu'il est ne lâcherait pas un projet en cours.

Vingt-neuf minutes plus tard, la sonnette de la porte d'entrée retentit. J'ouvre sur une Anne-Marie pimpante, tout sourire.

— Votre taxi est arrivé, me salue-t-elle. Freddy m'a donné ses consignes, on passe d'abord chez le notaire, notre rendez-vous est fixé à 10 h 45. Celui de la banque est à 14 heures. Ça nous laissera le temps de grignoter un petit bout par là. Je connais un restaurant très sympa,

---

1. Chanson de Gibert Bécaud et Pierre Delanoë.

recommandé par le magazine auquel je suis abonnée. On y fait de la nourriture locale et bio, dans un style vintage. Vous allez adorer.

Enfer et damnation. À peine quelques secondes et je suis déjà agacée par sa tirade. Voilà, Gaston, si tu voulais me punir des sautes d'humeur que je t'ai infligées durant toutes ces années, tu as réussi ton coup.

Je monte dans la voiture d'Anne-Marie, non sans difficulté, et me laisse conduire au premier lieu de rendez-vous, bercée par la voix de Julien Clerc dont ma belle-fille est apparemment fan.

Nous arrivons sur place avec vingt minutes d'avance. Le notaire est situé dans la ville à côté de la mienne, en plein centre. Une jolie place piétonne dessert l'office mais aussi de nombreux cafés et quelques boutiques ou «concept stores», selon Anne-Marie. Au loin, j'aperçois un tabac.

— Élisabeth, vous allez où?

— Je vais m'acheter des clopes.

Je suis dos à elle mais devine aisément les yeux de chouette qu'elle fait à cet instant. Elle me suit en vitesse, son allure ponctuée par le bruit de ses talons.

— Je ne suis pas sûre que Freddy apprécierait.

— Ça tombe bien qu'il ne soit pas là, alors.

Je pousse la porte du tabac d'un geste décidé. Une petite sonnette nous accueille. Il n'y a pas âme qui vive à l'intérieur, hormis la jeune femme au comptoir qui me sourit.

— Que puis-je faire pour vous?

Anne-Marie semble perdue. Elle me donne l'impression de faire l'émission «Rendez-vous en terre inconnue». Ses yeux de chouette ne l'ont pas quittée.

— Un paquet de cigarettes, s'il vous plaît.

— Quelle marque ?

Je regarde l'étalage derrière elle et découvre des paquets uniformes. Aucun ne ressemble à celui que j'avais trouvé dans mon armoire.

— Je ne sais pas, c'est un paquet rouge avec du blanc au milieu.

— Il devait dater ce paquet, s'amuse-t-elle. Vous vous souvenez de la marque ?

— Je sais qu'il y avait un « C » et un « N ».

— Nous voilà bien avancées. Je peux vous proposer celui-ci, ou peut-être celui-là.

Elle me tend deux paquets noirs qui me paraissent identiques, excepté la marque écrite au bas.

— Je vais prendre les deux et un briquet aussi.

— Ça marche, ça fera 21 euros.

À mon tour d'ouvrir des yeux de chouette ! Je tends la monnaie à la jeune femme, espérant tout à coup qu'il n'y ait pas de surprise à la banque cet après-midi, et m'empresse de glisser les paquets dans mon sac à main.

Il me reste encore un peu de temps quand je sors du tabac. J'allume la cigarette et me délecte de la fumée qui emplit mes poumons.

— Depuis quand fumez-vous ? Je crois ne jamais vous avoir vue le faire.

— Depuis que Gaston n'est plus là.

— Je vois.

— Je ne pense pas que tu puisses voir, non.

Ma belle-fille ne sourit plus. Je ne savais pas qu'elle pouvait se départir de son masque. Je la sens hésitante :

faire le dos rond ou me rentrer dedans une bonne fois pour toutes.

— Je sais l'opinion que vous avez de moi.

Elle va donc me rentrer dedans, ce n'est pas trop tôt!

— Anne-Marie la coincée, toujours apprêtée, jamais un mot plus haut que l'autre... J'ai construit une carrière brillante, je suis une femme indépendante financièrement, j'ai des amis, un mari que j'aime et qui m'adore. Sur le papier tout est parfait, n'est-ce pas? Je sais que j'ai des opinions politiques arrêtées, je me souviens très bien de ma dispute avec Marc et m'en veux encore, j'ai été trop loin. J'ai pu en rediscuter avec lui et je l'ai assuré de mon soutien sans faille. J'ai été surprise et j'ai mal réagi, ce qui était bête et sûrement motivé par la jalousie de voir sa famille se déchirer alors que je peinais à... enfin bref. Freddy et moi aimons débattre et il n'est pas rare que lui comme moi amenions l'autre à changer d'avis ou du moins à se questionner. J'adore ma vie.

— Grand bien te fasse, alors.

— Quand quelque chose ne va pas, c'est ce qui me fait tenir. Pas la cigarette, pas la boisson ou autre. Juste l'idée, la conscience, de la chance que j'ai par ailleurs. Vous avez de la chance vous aussi. Des enfants qui vous aiment malgré votre mauvais caractère, des petits-enfants adorables et en bonne santé, un toit sur la tête...

— Tu vas me faire l'inventaire de ce qui est beau dans ta vie et dans la mienne? Je n'ai pas besoin de sermon, Madame Parfaite.

— Peut-être que si, justement. Vous ouvririez un peu plus les yeux, vous verriez que vous n'êtes pas la plus à plaindre.

— Et tu…

— Il y a douze ans que Freddy et moi sommes ensemble et cinq que nous essayons d'avoir un enfant. Nous avons préféré privilégier nos carrières et décidé de faire un enfant plus tard, trop tard sûrement. J'ai bientôt quarante-deux ans, vous savez. J'ai conscience que chaque tentative est peut-être la dernière, que mon corps ne supportera pas un nouvel échec, un de plus. Je suis bien entourée, je remonte la pente à chaque fois. Mais Freddy… il n'en parle à personne. Je ne sais même pas si Marc est au courant. À chaque fois, il se mure un peu plus dans le silence. Alors, oui, vous avez perdu l'homme de votre vie et je n'ose imaginer votre peine. Je ne pourrais même pas la concevoir. Mais vous avez des enfants, qui, même s'ils sont adultes, ont besoin de leur mère.

Tu t'y attendais à ça, mon Gaston ? Anne-Marie ne tarde pas à remettre son masque. Son sourire de façade comme arme de combat. Je suis tellement sur le cul que j'ai dû m'asseoir avant de perdre pied. Freddy, si calme, sûr de lui. J'ai toujours pensé qu'ils ne voulaient pas d'enfants. À dire vrai, nous n'avons jamais pris le temps d'en parler. Je pose ma main ridée sur celle de ma belle-fille. Ce signe d'affection la fait presque sursauter.

— Tu ferais une mère géniale. Exaspérante de perfection, c'est évident, mais je n'ai aucun doute qu'un enfant aurait de la chance de t'avoir dans sa vie. Et si le chemin vous mène vers d'autres horizons, je suis contente que Freddy ait quelqu'un de ta poigne pour ne pas tomber.

Elle est prise d'un hoquet proche du sanglot.

— Je ne m'attendais pas à ça de vous.

— Moi non plus, figure-toi.

Elle se lève m'indiquant que nous allons finir par être en retard. Je la vois contrôler son maquillage dans une glace de poche. Exaspérante de perfection, c'est exactement l'expression qui lui colle à la peau.

Alors qu'elle commence à marcher, je ne peux m'empêcher de l'apostropher :

— Anne-Marie ! Juste une dernière petite chose : il faut ralentir sur le parfum, tu embaumerais tout un quartier à toi seule.

Elle me fixe intensément avant d'exploser de rire. Un rire franc, loin du masque et des convenances. C'est la première fois que je l'entends rire aussi spontanément. Finalement, elle est belle Anne-Marie lorsqu'elle sourit, tu ne trouves pas, Gaston ?

*

À midi, Anne-Marie m'emmène dans un restaurant « branché », d'après les dires de ses amies. Je me laisse conduire, ne sachant de toute façon pas ce qui se fait de nos jours en termes de mode. L'ai-je déjà su ?

Nous pénétrons dans un bistrot à la carte plutôt simple et à la décoration traditionnelle des brasseries d'autrefois. Des nappes Vichy recouvrent les tables devant lesquelles se trouvent des chaises métalliques noires. Je risque d'avoir sacrément mal aux fesses, assise sur ces trucs.

— Vous prendrez un apéritif ? nous demande le serveur dont la tenue s'accorde parfaitement avec la décoration vintage du lieu.

Ma belle-fille prend un verre de gris de Provence tandis que j'opte pour un panaché. Lorsque nos plats arrivent, je suis surprise d'apprécier tant la nourriture que les quantités servies. Ma bavette est cuite à la perfection et les grenailles qui l'accompagnent fondent dans la bouche.

— Vous êtes bien silencieuse. Le rendez-vous de ce matin vous a rassurée ?

— Oui. Non pas que j'étais inquiète, je me doutais bien que Gaston avait tout anticipé.

— Il vous aimait beaucoup. Vous a-t-il dit qu'il est venu me trouver après ma dispute avec Marc, lorsque celui-ci nous a annoncé son coming-out ?

Qu'est-ce que tu as encore fichu, Gaston ?

— Il ne m'a pas reproché mes mots, même s'il ne les approuvait pas, je crois qu'il a vu au-delà. Il a senti la peine, la tristesse. Il a vu au travers de la carapace. J'avais beaucoup d'affection pour votre époux et je ne pense pas me tromper en disant que, petit à petit, il a appris à m'apprécier aussi, malgré mon caractère que vous jugez si particulier.

— Je ne le savais pas. Il a toujours réussi à voir plus que ce que les gens veulent bien montrer.

— Après ses funérailles, le coup du taxidermiste, c'était un peu violent, tout de même. Je crois deviner que ce n'était pas par méchanceté, mais seulement de la maladresse… J'aime à penser qu'un homme comme lui voyait quelque chose d'extraordinaire en vous.

— Je… Quand je suis mal à l'aise, j'ai tendance à dire un peu tout et n'importe quoi. Et j'ai un humour qui ne plaît pas à tous.

— Freddy est comme vous. Il n'extériorise que très peu et quand il le fait, parfois, c'est très maladroit.

— Il n'a pas hérité de la plus belle de mes qualités.

Anne-Marie me sourit. Elle est tout en extravagance, tandis que Freddy est sur la réserve. Je les ai longtemps crus mal assortis. Je me rends compte petit à petit qu'ils se sont finalement peut-être très bien trouvés.

— C'est la première fois que nous sommes seules toutes les deux, me rappelle-t-elle.

— Ça aurait pu être pire, finalement… Je ne te déteste pas, tu sais, ne puis-je m'empêcher de lui dire. J'ai juste du mal avec les lèche-bottes.

— Ça, c'est dit!

— Non mais… aujourd'hui, c'est la première fois que tu oses, enfin, me rentrer dedans. Ce n'est pas faute de t'avoir piquée à de nombreuses reprises. Mais jamais tu n'as haussé le ton, m'offrant des «Élisabeth par-ci, Élisabeth par-là».

— Vous êtes masochiste?

— Non, mais je déteste qu'on me brosse dans le sens du poil. Ça ne me paraît pas honnête.

— J'ai été élevée comme ça: dans une politesse frisant l'obsession et habituée à ne pas faire de vagues.

— Moi, je suis un tsunami!

— Je l'ai vite compris.

Elle baisse les yeux sur ses crevettes qu'elle décortique minutieusement au couteau et à la fourchette.

— Tenez-vous prête, Élisabeth, vous libérez le fauve, me taquine-t-elle en fourrant une crevette dans sa bouche parfaitement dessinée au crayon rouge.

Je crois que, bientôt, elle va m'appeler Lise.

*

— Dire au banquier de se départir de son rôle de vieux garçon aigri n'était peut-être pas la meilleure solution, d'autant que Freddy est en contact régulier avec lui, me sermonne ma belle-fille sirotant une tisane, bio évidemment.

Nous avons décidé de conclure la journée de rendez-vous par un café en terrasse. Ça va finir par devenir une habitude. Elle m'a proposé d'appeler Frédéric et de l'inviter à se joindre à nous, sa journée se terminant bientôt. Ce dernier a accepté, et je le devine aussi curieux qu'étonné.

Le bar, choisi par Anne-Marie, est à son image : raffiné et élégant. Le moindre café est à 2,80 euros et je n'ose imaginer le prix de sa tisane. Tout ça pour aller dix fois aux toilettes !

Freddy nous rejoint trente minutes plus tard, habillé élégamment, comme toujours. Il dépose un baiser chaste sur la tempe de sa femme et m'octroie une bise amicale.

— Alors, ces rendez-vous ?

— Intéressants, ne puis-je m'empêcher de répondre en esquissant ce que j'espère être un sourire, et non une grimace à l'attention de ma belle-fille.

— Je ne sais pas pourquoi mais venant de toi, ça me terrifie.

Le sourire en coin qu'il affiche témoigne de la tendre ironie de sa remarque. Il gratifie sa femme d'un regard que je traduis par un remerciement silencieux. Je n'ai jamais fait attention à la complicité qui les unit. Tu crois que les gens pensaient quoi de notre couple en nous voyant, Gaston ? Savaient-ils que derrière mes remarques acerbes se cachait toute mon admiration ? Que derrière tes boutades et tes mots d'amour se trouvait tout le respect que tu as toujours eu pour moi ? Savaient-ils que, malgré mon sale caractère, je n'ai jamais cessé d'aimer le beau jeune homme rencontré par hasard des décennies plus tôt ? Sûrement pas. Pensaient-ils sûrement que tu avais du courage de supporter « ta vieille » ? Enfin, pour ce que ça nous sert maintenant, nous avons bien fait de vivre comme nous l'entendions.

— Que t'a dit monsieur Ramos ?

— Que tout allait rentrer dans l'ordre, que j'aurais accès aux comptes et livrets. Apparemment, la routine, l'informé-je, tirée de mes pensées.

— Et le notaire ?

— Gai comme un croque-mort !

— Maman…

Je me tourne vers ma belle-fille en haussant les épaules, tandis qu'elle retient son rire.

— Je rejoins ta mère sur ce coup-là. Il était austère, dirions-nous. Toutefois, on ne leur demande pas non plus d'être des boute-en-train. Du moment qu'il fait son travail convenablement, le reste…

— Vous êtes d'accord. Sur un même point. Je vais changer mon café contre un verre de whisky. Ou du champagne, plutôt !

Alors que je le croyais ironique, mon fils annule son café auprès du serveur et commande trois flûtes d'un champagne que j'imagine hors de prix.

À peine cinq minutes plus tard, nous sommes servis.

— À quoi devons-nous trinquer ? interroge ma belle-fille.

Tous deux me regardent, attendant ma réponse. Que devons-nous célébrer, Gaston ? Ton départ inopportun mais au moins sans souffrances ? Ta joie de vivre que tu as su transmettre aux gens qui t'entouraient ?

— À la vie qui continue, marmonné-je, peu sûre de moi.

— À la vie qui continue, reprennent-ils en chœur.

Nous buvons en silence. Je crois n'avoir jamais goûté un champagne aussi bon. Les bulles pétillent sur ma langue tandis que je savoure. Un délice.

— Il aurait aimé voir ça.

Freddy interrompt le silence sous le regard étonné d'Anne-Marie.

— Qui aurait aimé voir quoi ?

— Papa. Il n'aurait pas aimé que tu restes enfermée chez toi à te morfondre.

Instinctivement, je glisse ma main dans la poche de ma veste et sens le bout de papier plié en huit. Je pourrais le faire glisser le long de la table, l'offrir à Freddy, comme un nouvel adieu. Non, il n'est pas prêt. Je lâche le précieux objet de papier et repose mes doigts sur la table.

— Ça va, maman ?

— Oui, oui, bien sûr. Je réfléchissais à ce que tu disais. Il serait content, en effet. Enfin, j'imagine qu'il préférerait trinquer avec nous, mais bon… Cela dit, il n'aimait pas tant que ça le champagne.

— Oui, son truc à lui, c'était la bière. Et belge, qui plus est !

Quand mon fils esquisse un tendre sourire, un flot de souvenirs remontant à la surface. Pour leurs vingt ans, tu les avais emmenés passer un week-end en Belgique, flânant dans la capitale à la recherche du Manneken Pis, « si petit qu'on pourrait le louper », je me souviens de tes mots comme si c'était hier ; dégustant les bières trappistes et profitant des spécialités locales. Tu avais été charmé par l'accueil des Belges et surtout par le plaisir de retrouver tes petits, les occasions étant désormais si rares. Je ne te l'ai pas avoué à ton retour, mon Gaston, mais, même si je n'en ai rien montré et ai profité pleinement de mes jours de solitude, tu m'as manqué. Je parlais dans le vide et pensais à tout ce que tu allais me raconter à ton retour. Je t'ai accueilli d'un « Déjà revenu ? », et tu as souri. Tu savais, toi. Tu as toujours su.

*

Après une semaine sans que je l'aie vu, le vieux chat roux a décidé de venir me tenir compagnie. Dès 4 h 30 ce lundi matin, le voilà qui débarque avec son miaulement à réveiller tout le voisinage. Son poil n'est pas plus propre que la fois passée. Je dirais même qu'il sent le rat crevé. Ses yeux fouineurs me dévisagent et je devine qu'il a faim.

— Te voilà, toi. On dirait que tu t'es battu, non ?

Au début timide, il vient vite coller sa tête contre ma jambe, se frottant sur mon collant épais, une égratignure à peine cicatrisée sur le haut de l'oreille. J'ai envie de l'envoyer balader mais finalement, il trompe ma solitude.

Comprenant qu'il est affamé, j'écrase ma cigarette et je pars chercher un reste de blanquette de dinde. À peine l'ai-je glissé sur le rebord de la fenêtre, qu'il se jette dessus comme un mort de faim.

— Ne crois pas que c'est une habitude, hein. Une gamelle de temps en temps, histoire que je ne gagne pas ma place en enfer en laissant mourir un vieux chat comme toi, mais c'est tout. Pas de gratouilles dans le fauteuil et compagnie.

Je ne sais pas si son ronronnement signifie son approbation ou un simple « Chante, beau merle, tu auras ta cage ». Mais enfin… je réussis à avoir le dernier mot. Peu à peu, les volets s'ouvrent et les lumières donnant sur la cour s'allument. La tranquillité de la nuit cède la place aux matinaux, ceux qui dévorent la journée dès les premières lueurs du jour.

De chez moi, j'aperçois ces gens qui courent. Je sais que ma voisine va descendre vers 7 h 30, son adolescent sur les talons. Que le couple de jeunes gens du troisième partira bien plus tard vers 8 h 45 tandis que les retraités, en grande majorité, vaquent à leurs occupations. Il est temps pour moi de regagner ma grotte, un vampire qui fuit le jour.

Au début, les gens vous soutiennent, ils partagent leur tristesse sans comprendre qu'elle n'égalera jamais la vôtre. Petit à petit, de l'espace se crée naturellement autour de vous. Ce n'est pas leur faute. On porte une mélancolie qui finit par être trop lourde pour eux. Quand on croit l'apprivoiser, elle nous revient en pleine face pour nous rappeler que rien ne nous guérira jamais vraiment. Perdre l'être aimé, c'est comme voir l'un de ses membres arraché de la plus sauvage et cruelle façon. On vous met un bandage déchiré et vous continuez à hurler de douleur tandis que les autres espèrent vous voir sourire à nouveau.

Comme chaque jour depuis que tu n'es plus là, je prends ma douche à 6 h 30, suis prête à 7 heures et j'attends. Je ne sais pas quoi d'ailleurs. Que le temps passe peut-être ? Marc m'appelle à midi à sa pause-déjeuner, Freddy me gratifie d'un appel les mercredis et dimanches. C'est Freddy. Anne-Marie passe me voir de temps en temps tout comme Cathy. Voilà. Tu n'es plus là et je suis une tâche sur un emploi du temps. Ils ont leurs vies, tu comprends ? Enfin, on était comment nous avec nos propres parents ? Peut-être plus présents, oui. Mais c'était une autre époque, un monde parallèle.

Cathy doit venir déposer les petits à 10 heures aujourd'hui. Ils passeront la journée avec moi. D'habitude, c'était toi qui leur trouvais des activités, balades et autres divertissements. Je n'ai aucune idée de comment occuper des enfants de cet âge. Même les nôtres, cela m'était difficile. Tu te rappelles ? « Ce n'est pas grave si tu n'aimes pas jouer, ma Lise, toi tu leur chantes des chansons. » Depuis le temps que je n'ai rien fredonné... me voilà bien ! Désemparée, à 10 heures précises, Cathy sonne à ma porte, Lucas et Margaux sur les talons. Les cheveux en bataille, visiblement à peine réveillé, Lucas a l'air ronchon. Margaux tient sa poupée contre elle. Peu objective, je jurerais que ces enfants sont les plus mignons qu'il m'ait été donné de voir. Leurs boucles claires se fondent à merveille autour de leurs joues rondes, tandis que de grands yeux verts illuminent leurs visages. Lucas a une cicatrice au-dessus du sourcil, souvenir d'une terrible varicelle, tandis que Margaux a une fossette juste sur la lèvre quand elle sourit.

— Je reviens les chercher pour le goûter ? On pourra aller le prendre dehors ensemble si vous voulez ?

À peine a-t-elle tourné les talons que les jumeaux me dévisagent intrigués. Oh, bordel. Tous trois raides comme des piquets dans l'entrée, nous nous dévisageons. Pour s'occuper, Lucas retire ses chaussures. Margaux se ronge un ongle. Finalement lassée du silence, elle commence :

— On va faire quoi aujourd'hui, Mamili ?

— Hum… je ne sais pas. Vous avec une idée ?

Ils se regardent espiègles.

— Manger des bonbons et regarder Pokémon, répondent-ils en chœur.

J'ai comme l'impression qu'il s'agit d'un complot dont je serai un dommage collatéral.

— Et que pense maman de ce programme ?

— Elle n'a rien dit, répond Lucas, un sourire en coin.

— Évidemment. D'accord pour votre poké'truc, si vous savez le mettre sur la télé, pour les bonbons, on verra après le déjeuner.

Ils ne sont pas bêtes, ces gosses : Margaux s'empare de la télécommande et, par je ne sais quelle opération, met un dessin animé avec des monstres. On aura vraiment tout vu. Installée sur le canapé, un enfant de chaque côté, je me prends au jeu de ce dessin animé dont je ne comprends pourtant pas la moitié de l'histoire. Ils semblent passionnés, c'est déjà ça de gagné. J'en profite pour prendre chacune de leurs petites mains dans les miennes. Je sens leurs doigts doux dans mes paumes ridées. Les taches de vieillesse me paraissent aujourd'hui ridicules alors qu'elles m'obnubilaient à leur apparition, des années plus tôt. Ma mère appelait ça des « fleurs de cimetière ». Je ne sais pas si je devrais m'inquiéter, j'en ai de plus en plus. Enfin, tu en avais bien moins, mon Gaston, et tu m'as précédée.

Trente minutes plus tard, je crois avoir fini par comprendre l'histoire.

Adulte, je décide pourtant d'éteindre la télévision et de suggérer une promenade.

— C'est quoi, cette gamelle ? m'interroge Margaux en désignant le tupperware qui me sert à nourrir Léo.

— J'y mets les restes pour le chat.

— Tu as un chat ? m'interroge Lucas.

Dans ses yeux, je suis passée de la mamie un peu gâteuse, à l'héroïne nationale. Ses sourcils rehaussés, il attend ma réponse comme parole d'Évangile.

— Il traîne dans le quartier, je lui donne juste un peu de nourriture quand j'y pense c'est tout.

— Mais il pourrait être à toi, pour de vrai, si tu le voulais ! continue Margaux en enfilant son blouson.

— Sauf que je ne veux pas.

— Maman est pareille… elle dit que ça lui pique le nez.

— Elle doit y être allergique.

— Ce serait trop cool si tu l'adoptais, Mamili, glisse Lucas. Ce serait un peu notre chat aussi comme ça.

— Très mauvaise idée. Allez, enfile ton bras dans cette manche, on dirait un pantin désarticulé.

Nous partons tous trois, emmitouflés dans des manteaux épais. C'est simple, on ne voit plus que le bout du nez des enfants. Le soleil est de sortie mais il fait un froid de canard. Un givre léger est resté aux endroits ombragés tandis que des rayons timides réchauffent à peine ceux qui s'y exposent. Nous passons devant des rangs de vignes, dont les feuilles profitent du soleil. J'espère que les viticulteurs ne souffriront pas de ce temps capricieux.

— Mamili, on peut courir jusqu'à l'arbre ? Dis-nous qui est le plus rapide.

— Entendu, mais vous faites attention à ne pas aller au bord de l'eau.

Manquerait plus qu'ils tombent du halage. Ma recommandation à peine terminée, Margaux et son frère courent à vive allure en riant aux éclats. J'aimerais retrouver cette insouciance. Mais l'a-t-on jamais eue ? Je te le dis, mon Gaston, un autre monde.

— Alors ? m'interroge Lucas le souffle court, son petit nez rougi par le froid.

— J'étais trop loin, je n'ai pas vu. Il me semble que vous êtes arrivés en même temps.

— Mais, Mamili ! m'invectivent-ils.

Chien et chat… mais quand il s'agit de se liguer contre moi, c'est tout autre chose. Sur le chemin du retour, ils sont tout à coup silencieux, traînant les pieds sur les graviers. Le silence n'est jamais signe de bon présage chez les enfants de cet âge. Lucas pousse sa sœur du coude et cette dernière me prend la main après avoir rajusté son serre-tête.

— Dis, Mamili…
— Oui?
— Il te manque à toi, papi?
Mes jambes se figent. Le vent frais s'introduit dans mon cou et je resserre le châle qui protège ma gorge.
— Bien sûr, tous les jours.
— Je crois qu'il manque aussi beaucoup à papa. Il a pleuré chez maman l'autre soir. On devait être au lit, mais comme ils parlaient, on s'est levés pour écouter.
— Je n'aime pas trop quand papa pleure, complète son jumeau.
Voilà, Gaston, je te remercie! Leurs visages tournés vers moi, ils attendent une réponse que je ne trouve pas. Je les invite à s'asseoir sur le banc situé à proximité. Des canards se laissent glisser le long du courant. La vie suit son cours, nous laissant sur le côté.
— Votre papa est triste.
— Mais toi, tu ne pleures pas, m'indique Margaux.
Je hausse les épaules, avant de lui sourire.
— Tout le monde ne pleure pas. Certains ont besoin de rire ou de râler.
— Toi, tu râles, alors? Ça veut dire que dès que tu râles, tu es triste.
Je ris franchement face à sa question qui n'en est finalement pas une.
— Oh oui, je râle, c'est une seconde nature chez moi. Quand je suis triste, mais aussi quand je ne le suis pas.
— Je ne comprends pas trop, répond Margaux gênée.
Je prends quelques secondes pour peser mes mots, devant ces enfants à qui personne n'a expliqué que la vie

n'est pas seulement rose. Comment en vouloir à leurs parents de souhaiter préserver leur monde ?

— On peut être triste et pleurer beaucoup, ou râler, crier… Peu importe. Qu'est-ce que vous faites quand vous êtes tristes, vous ?

— Lucas, il a cassé la lampe de chevet quand maman lui a dit qu'on verrait plus papi.

— Tu étais très en colère, Lulu, dis-je au petit garçon renfrogné qui hoche la tête. Et toi, Margaux ?

— Moi, j'ai pleuré, comme papa. Et puis, j'étais en colère aussi parce que papi ne m'a pas dit au revoir.

Un coup en plein cœur. Immédiatement, les larmes me montent aux yeux.

— Moi aussi, j'étais en colère qu'il ne dise pas au revoir, mais ce n'est pas sa faute. S'il avait pu vous faire un bisou, s'il avait pu vous dire qu'il vous aimait très, très, fort, il l'aurait fait.

— Toi aussi, tu vas mourir ? me demande-t-elle de nouveau, comme si ma réponse pouvait changer.

— Un jour, oui.

— Tu nous feras un bisou avant ? continue Lucas très sérieusement.

— J'aimerais te le promettre, mais je ne suis sûre de rien.

Alors que je termine ma phrase, une hirondelle passe à proximité. Tu les adorais, Gaston, comme tous les oiseaux d'ailleurs.

— Vous voyez ? les interrogé-je en la montrant du doigt. C'est une hirondelle. Quand je serai partie, je vous en enverrai une, ou même plein ! Comme ça, vous saurez que je pense à vous et que je continue de vous aimer très fort.

Ils semblent satisfaits de ma réponse, admirant l'annonciatrice du printemps, légèrement en avance. Je ne prends pas de gros risques sachant que, chaque année, elles reviennent par ici.

Alors que nous rentrons pour déjeuner, Lucas me dit qu'il aurait préféré que j'envoie un tigre, ce sur quoi je lui réponds qu'une hirondelle reste plus pratique. Il obtempère non sans grogner en se jetant sur le canapé.

Quand arrive l'heure du goûter, Cathy nous trouve attablés devant un coloriage. L'idée de gribouiller sur de vieux cahiers a paru leur plaire.

Finalement, j'ai réussi à passer la journée sans trop les ennuyer.

*

— Vous devriez le leur donner, ou tout du moins leur en parler.

J'ai accepté de sortir pour aller goûter dans un parc, visiblement consacré aux enfants et à leurs parents dépassés. Il faut tout un village pour élever un enfant. C'est ce qu'on disait quand j'étais plus jeune.

Margaux et Lucas s'en donnent à cœur joie sur une balançoire qui ne devrait pas tarder à rendre l'âme, tandis que Cathy me sermonne. J'aurais dû m'en douter. À peine avons-nous franchi les grilles rouillées et sommes-nous assises sur un banc devant l'aire de jeux que, déjà, je vois son air espiègle s'afficher sur ses traits fins.

— Tu m'as tendu un piège… la prochaine fois que tu proposeras un goûter, l'air de rien, je me méfierai.

— Pas du tout, je suis contente de passer un moment avec vous. C'est juste que j'y pense sans cesse depuis les funérailles de Gaston : ce papier concerne aussi vos fils. Ils sont en droit de le lire.

— Je sais bien, mais ils ne sont pas prêts. Le chagrin est encore trop important.

Ses yeux cernés de khôl surveillent ses enfants, qui ont délaissé la balançoire pour le toboggan. Un silence reposant s'installe entre nous. Une mère, sur le banc d'à côté, tente de calmer son nouveau-né tandis que le jeune papa prépare un biberon. Cathy les regarde aussi, nostalgique.

— À quel âge cesse-t-on de s'inquiéter pour eux ? me demande-t-elle soudain. J'appréhende le moindre bobo, la moindre peine. Au début, quand ils partaient chez leur père pour la semaine, j'avais l'impression de ne plus respirer correctement. Maintenant, j'essaie de profiter de ce temps seule même si ce n'est pas toujours évident. Je me demande si, en les voyant grandir, j'aurais moins peur.

Ai-je un jour cessé de m'inquiéter pour mes enfants ? Jamais. Aux petites blessures et autres gamelles ont succédé les peines de cœur, les cascades à moto, le stress du premier emploi, la naissance des enfants et tous les tracas de la vie. Toi, tu relativisais, Gaston. Tu me permettais de tenir debout quand l'angoisse de les voir malheureux me submergeait. Tu disais, je m'en souviens : « Laisse-les apprendre à vivre. » C'est tellement dur, de les laisser tomber pour l'expérience, de les voir prendre des chemins que l'on pense ne pas être les bons. Je me rends compte que nous-mêmes n'avons jamais cessé d'apprendre à vivre. Aujourd'hui encore, j'apprends à te laisser partir, et ça me terrifie.

Cathy semble attendre une réponse. Je pèse mes mots, ne souhaitant pas la bercer d'illusions.

— Désolée de te décevoir, mais non. Les craintes ne seront plus les mêmes, c'est certain. Mais je crois qu'on s'inquiète toujours pour ses enfants. C'est comme ça que sont faits les parents.

— C'est pour ça que vous ne leur montrez pas? Pour les protéger?

— Eux, ou moi. Je n'en sais rien. Je préfère attendre.

— Est-ce à vous de décider à leur place?

Touchée. Si nous étions en train de jouer à la bataille navale, elle aurait sans nul doute coulé le plus gros bateau de ma flotte.

Instinctivement, je porte la main sur la poche de ma veste et sens le papier froissé à travers le tissu.

— Je te promets de leur montrer, quand je me sentirai prête. Et puis, tu es au courant maintenant alors même si je mourais entre-temps, tu pourrais récupérer la lettre sur mon cadavre.

— Lise!

— Je te taquine. Enfin, j'espère.

— Vous m'exaspérez.

— Mais tu m'adores. Tu t'ennuierais avec une belle-mère qui te fait des gâteaux et te lèche les bottes.

Son rire me tire un doux souvenir. Celui de notre seule et unique dispute. Mémorable. Apocalyptique. J'ai eu le malheur de me mêler d'une broutille entre Cathy et Marc, au début de leur relation. Je connaissais l'adolescente depuis trois ou quatre ans, et la jeune femme qu'elle devenait s'affirmait en caractère. De sa voix forte, elle m'a remise dans mes 22, laissant Marc perplexe et Gaston silencieux.

Évidemment, pour ne pas perdre la face, j'ai surenchéri. Nous sommes montées dans les tours à vitesse grand V. À bout de souffle, nous étant dit tout ce que nos cœurs reprochaient à l'autre, nous nous sommes dévisagées et avons explosé de rire, ce qui a encore plus déstabilisé nos conjoints respectifs qui sont alors partis chercher de quoi dîner.

« Un jour, je vais épouser votre fils et on aura des enfants, m'a-t-elle dit, la crise passée. — Va falloir qu'on apprenne à cohabiter, madame Martineau. »

« Avec le cran dont tu as fait preuve, tu as le droit à du Élisabeth. Non, même mieux : Lise. Je n'espérais rien de mieux qu'une jeune femme franche et droite pour Marc. Le "Arrêtez de vous croire tout permis, vous n'êtes pas une maquerelle" était franchement déplacé, mais très drôle. » Je l'ai vue rougir, s'excusant maladroitement. Face à mon caractère volcanique, peu de monde m'a jamais tenu tête : mes frères et toi, Gaston. Cathy méritait bien d'entrer dans le club du « Lise ». J'ai su à cet instant que j'adorerais cette jeune femme. Qu'elle allait m'en faire baver avec son franc-parler qui ne m'épargnerait pas mais qu'elle serait aussi un rayon de soleil dans cette famille !

— Qu'est-ce qui vous fait sourire ?

— Je me rappelais notre dispute. Tu avais quoi ? Dix-neuf ans ?

— Mon Dieu… dans ces eaux-là, oui. La manière dont je vous ai parlé… Le karma me le remettra en pleine figure quand mes enfants me présenteront leurs conjoints, c'est certain.

— Tu ne devrais pas trop t'inquiéter alors. J'ai de la chance de t'avoir pour belle-fille. Je n'ai jamais cessé de le penser, ni avant votre divorce ni après. Et les enfants ont une maman incroyable. Le karma… tu l'emmerdes ! Tu as fait ce que tu as pu et tu t'en es très bien sortie.

Cathy détourne le regard, semblant surveiller ses enfants de plus près encore. On tait trop souvent le bon, le beau, pour ne dire que le mauvais. Et si pour une fois, on changeait la donne ? Tu la vois, toi, Gaston, la larme qui perle le long de sa joue et qu'elle essaie de cacher ?

*

— Tu es en retard, aujourd'hui.

Le vieux chat me salue de son miaulement maintenant si reconnaissable. Je sors sa gamelle que je pose au pied du radiateur de la cuisine.

Avec les gelées qui ont sévi dans la région, malgré le printemps qui s'annonce, je n'ai pas eu le cœur de la lui poser sur le bord de la fenêtre.

— C'est parce qu'il gèle. Au retour des beaux jours, ouste !

Même lui ne me croit pas. Il me fait penser à toi, Gaston. Je pense qu'il voit que derrière la pierre, je suis un peu chamallow. Il a insisté et j'ai fini par céder.

Maintenant, il vient passer ses journées autour de l'appartement et, parfois, il rentre dans la cuisine se mettre au chaud. Mais pas le soir ! Faut pas déconner.

Je repense à l'histoire des hirondelles que j'ai racontée aux petits. Si tu m'as envoyé ce vieux greffier, tu aurais pu trouver mieux quand même ! M'enfin… J'ai fini par m'habituer à lui, si c'était le but, ça a marché.

Je le caresse avec maladresse, ce qui ne semble pas le déranger, tandis qu'il se remplit l'estomac des restes de la veille. Chipolata, haricots verts. On a vu mieux mais ça doit être du cinq étoiles pour ce vieux baroudeur. À 7 h 30, j'appelle Anne-Marie.

— Élisabeth ? Tout va bien ?

— Oui. Tu es disponible dans la journée ?

— Euh, oui, je ne travaille pas cet après-midi. Pourquoi ?

— Tu veux bien m'emmener chez le vétérinaire ?

— Chez le quoi ?

— Le véto, le médecin des animaux.

Je l'imagine déjà lever les yeux au ciel.

— Je sais ce qu'est un vétérinaire ! Je me demande juste pourquoi vous voulez y aller. Jusqu'à preuve du contraire, vos vaccins sont à jour.

— Très drôle. C'est une longue histoire, viens pour 14 heures, ils prennent sans rendez-vous.

Je n'entends pas la réponse, le combiné déjà reposé sur le socle.

— Si tu veux rester, mon vieux, on va faire ça dans les règles.

Réglée comme une montre suisse, ma belle-fille m'attend à 14 heures pétantes. C'est avec le chat dans les bras, sommairement saucissonné dans une couverture, que je gagne l'habitacle.

— Qu'est-ce que… ? Ah non, pas dans ma voiture comme ça, mettez-le dans une cage ou un sac ou…

— C'est bon, il ne bouge pas.

— Comment vous vous êtes retrouvée avec lui ?

— C'est Gaston qui me l'envoie, je crois. Comme les hirondelles, tout ça…

Anne-Marie se tourne vers moi, visiblement inquiète.

— Élisabeth, vous allez bien ?

— Oui, je te fais marcher. Il traîne ici depuis des semaines. Il pue et je pense qu'il a une infection à l'œil.

— Et alors ? Ce n'est pas le vôtre !

— Démarre, on y va. S'il est à quelqu'un, on saura me le dire là-bas.

Je l'entends maugréer sans toutefois comprendre ce qu'elle dit. Les coups d'œil inquiets qu'elle lui lance tout le long du trajet sont ridicules. Comme s'il allait lui sauter à la gorge ! Lorsqu'elle se gare devant la clinique, le chat n'a pas bougé, toujours emmitouflé dans sa couverture.

— Je vous attends là, j'ai des coups de fil à passer.

La sonnette annonce mon arrivée lorsque je pousse la porte. Je suis accueillie par une femme rondelette, aux cheveux bruns attachés en queue-de-cheval. Sa veste rose accentue la rougeur de ses joues. Elle est jolie et avenante.

— Je peux vous aider ?

— J'aimerais le faire ausculter. J'ai entendu votre pub à la radio.

— Pas de problème, je vais voir si on peut le recevoir dès à présent.

Dix minutes plus tard, c'est un lâcher de tigre dans le cabinet. Dès l'arrivée du vétérinaire, mon vieux chat a décidé qu'il avait assez patienté. Après l'avoir muselé – je ne savais même pas l'opération possible sur un chat –, le vétérinaire et son assistant procèdent aux contrôles de routine. L'un est aussi petit et fin que l'autre est grand et épais. Laurel et Hardy.

Il s'agit donc bien d'un chat – difficile d'en douter – non identifié. Il a une légère infection à l'œil, qui se soignera facilement, ainsi que des puces.

— Vous pouvez le laver avec du produit ? Je voudrais le faire castrer.

— Il existe des cachets pour les parasites, madame...

— Oui, mais il pue et avec le gel, il entre chez moi maintenant, vous comprenez.

— Ce n'est pas un salon de toilettage, ici.

— Mais vous avez de grands éviers et imaginez-moi devoir le faire toute seule. À mon âge ! Je n'ai pas de voiture pour l'emmener se faire toiletter, ma belle-fille a eu la gentillesse de m'amener, mais elle habite loin et je ne peux pas la déranger...

Commedia dell'arte, acte I. À mon grand étonnement, ça fonctionne. Privilège de l'âge, sans doute. Je sors trente minutes plus tard, avec un chat identifié à mon nom, nettoyé des oreilles à la queue et un rendez-vous pour le délester d'une partie de son anatomie.

Lorsque j'arrive dans la voiture, Anne-Marie raccroche à peine. Elle me fixe à la fois étonnée et amusée.

— Vous allez vraiment le garder ?

— Oui. Figure-toi qu'il a même un nom maintenant. Je l'ai appelé Léo. C'était notre troisième choix de prénom pour les garçons. Je trouvais ça beau et majestueux. S'ils avaient été des filles, ça aurait été Léonie et Jeanne. Donc voilà : Léo.

— Eh bien, bon courage.

Je ne sais pas si elle s'adresse à moi ou au chat. Certainement à lui. Bienvenue dans cette famille de dingues, Léo.

*

Ce matin, Léo a décidé de ne pas venir. Je crois qu'il fait la gueule. L'épisode du vétérinaire l'a traumatisé ; alors je n'ose imaginer sa rancune lorsqu'il ira se faire castrer. Je tarde jusqu'à 7 heures mais rien. Le vieux bougre ne réapparaît pas.

J'en suis déjà à ma troisième cigarette. Ce serait con de mourir de froid pour un chat ! Je serre ma robe de chambre un peu plus contre ma poitrine, le bout de mes doigts presque gelés.

Tandis que je m'apprête à rentrer, je vois la large porte d'entrée de l'immeuble s'ouvrir dans un grincement reconnaissable. Quarante ans que ce bruit se fait entendre à chaque passage. Autant d'années qu'il est gravé dans ma mémoire comme un son familier.

Un chien sort à toute vitesse et se dirige droit vers moi. Toi, tu saurais de quelle race il s'agit, mon Gaston. Et surtout quoi faire ! La petite bête tricolore se rue sur la pâtée réservée à Léo. Ses oreilles pendantes touchent presque le sol à mesure que la créature dévore ce qui devait être le repas du vieux matou.

L'adolescent accro aux jeux vidéo sort alors en trombe, enfin, à une vitesse qui doit lui paraître rapide, pour récupérer son animal. Un sweat à capuche enfilé en vitesse, un pantalon un poil trop grand, le voilà prêt à affronter le froid. Son nez étroit dépasse de sa capuche et je distingue quelques taches de rousseur.

— Il a mangé toute la pâtée du chat !

Il m'observe, semblant tout à coup remarquer ma présence. Nerveusement, il se gratte la tête, révélant des cheveux couleur geai.

— Pardon. Elle mange tout ce qui traîne, répond-il d'un air penaud après avoir attaché sa chienne.

— Je ne savais même pas que vous aviez un chien.

— Vous n'êtes jamais dehors quand on le sort.

— Je vois tout depuis l'appartement.

— Vous épiez les gens ?

— Bien sûr que non !

Le gosse me dévisage, taquin. Ou sceptique, au choix.

— Je pensais que Gaston vous l'aurait dit.

— Tu connaissais mon mari ?

— Bah, oui…

Il hausse les épaules comme si cela allait de soi. Tout fait sens.

— Il me donnait des livres. D'ailleurs, vous voulez les récupérer ? Ma mère dit que ce serait peut-être mieux de vous les rendre.

— Non : s'il te les a offerts, ils sont à toi. Je ne savais pas qu'il… enfin c'est sans importance, garde-les.

L'adolescent hausse les épaules avant de me tourner le dos en marmonnant un « Merci » qu'il m'est presque difficile de comprendre.

— Hé, gamin, comment tu t'appelles?

— Martin, répond-il en se retournant.

Une petite voix, celle de mon père, résonne dans ma tête: «Tous les ânes s'appellent Martin!» Je me souviens qu'il me l'a dit la première fois que je lui parlais de mes camarades et évoquait le petit voisin qui m'aidait en français.

— Si jamais tu n'as plus de lecture, il y a encore pas mal de livres dans la bibliothèque, je pourrais t'en passer.

Il décroche enfin un sourire avant de me saluer plus franchement et de partir promener sa chienne. Dis donc mon Gaston, tu sèmes tes rencontres comme l'autre semait des cailloux.

Définitivement gelée, je retourne à l'intérieur. Léo ne viendra pas.

*

Il y a dans la routine quelque chose de rassurant et de terrifiant à la fois. Rien ne bouge, nous assurant qu'aucune catastrophe n'est à l'horizon. Pourtant, si le cerveau n'aime pas le changement, il se lasse vite de ce qui lui paraît routinier. Jusqu'à ce que tout s'ébranle et que l'on regrette ce qui n'est plus. Je crois que c'est exactement ce que représente l'adolescent. La tempête qui vient secouer mes certitudes.

Alors que l'hiver persiste et que le beau temps se fait aussi rare que ma bonne humeur, je profite du moindre rayon de soleil pour prendre l'air dans la cour. Un vrai lézard en train de sécher sous les UV. Martin vient me trouver alors que je fume ma cigarette.

Nigaud, les mains dans les poches de son jean délavé, il m'approche l'air de rien. Il a troqué un sweat large contre un pull plus ajusté qui lui va bien mieux. Il est beau garçon, malgré son manque d'assurance et son air niais.

— Bonjour, madame... Je... vous m'aviez dit que si je n'avais plus rien à lire...

— Allez, entre, dis-je en écrasant ma cigarette.

Martin sur mes pas, je me dirige vers notre immense bibliothèque. Tu n'as jamais pu te résoudre à faire le tri.

— Vas-y, choisis.

— C'est que Gaston me les donnait directement, je ne suis jamais venu ici. Il choisissait pour moi.

— Mon petit, tu n'es pas dans la panade ! Je ne m'y connais pas comme lui. Prends celui qui te paraît bien.

— Il y en a beaucoup.

Martin hausse les sourcils avant de se lancer dans l'inspection de l'immense bibliothèque. Les Zola, Hugo, du Maurier défilent devant ses yeux. Il saute les Christie pour y revenir avant de repartir vers Molière. C'est comme ça que tu triais tes bouquins : par auteur. Tu usais de leurs noms comme s'il s'agissait de vieilles connaissances. Un miaulement le tire de son observation.

— C'est votre chat ?

— Hum... depuis peu.

— Il est joli.

Il n'en fallait pas plus à Léo pour venir réclamer des caresses. C'est vrai qu'il est beau, dans son genre. Et depuis quelques jours, enfin depuis qu'il a daigné revenir, il vit dedans, sortant quand bon lui semble, c'est-à-dire pas souvent. Il semblerait que le séjour soit son nouveau territoire.

Lorsque Martin se met sur la pointe des pieds pour ajouter un livre illustré à ceux déjà présents contre sa poitrine, je ne peux détacher mes yeux des bleus de ses avant-bras. J'ai dû rêver.

Alors qu'il s'apprête à partir, les livres choisis entre les mains, je lui propose un chocolat chaud, qu'il accepte sans rechigner, à mon grand étonnement.

Installés dans la salle à manger, rythmés par le tic-tac familier de la pendule, nous nous observons en chiens de faïence, cherchant chacun ce que tu pouvais bien trouver chez l'autre. Je crois savoir ce que tu as vu : l'espoir à maintenir en vie. Ses yeux cernés me dévisagent et je sens le malaise le gagner. Pour détendre l'atmosphère, je me risque à lancer la conversation :

— Ta mère travaille où ?

— Elle est directrice d'une compagnie.

— Ça doit être prenant, dis-je sans avoir un semblant d'idée de ce que ça peut être. Et ton père ?

Il plonge son nez dans sa tasse, semblant chercher sa réponse.

— Je ne sais pas où il est. Il est parti quand j'avais quelques mois et on ne l'a jamais revu.

Oh, Gaston, dans quoi tu m'as embarquée ?

— Mon père est mort quand j'étais enfant. Ma mère s'est débrouillée seule, elle était courageuse, lui confié-je.

Il hoche la tête, reprenant une gorgée de chocolat. Son pull noir est retombé sur ses poignets, cachant ce qui aurait pu être une hallucination, une ombre dansante sur une peau juvénile. Lorsqu'il finit sa tasse,

Martin récupère ses livres et me remercie d'un sourire timide, illuminant ses yeux gris.

— Repasse la semaine prochaine, je regarderai ce qui pourrait te plaire, si tu veux.

À peine la porte s'est-elle refermée que Léo vient contre moi.

— Toi aussi, tu as senti que ça n'allait pas, hein?

Son miaulement rauque me répond. Gaston, ce petit caillou, là, c'est un rocher qui va tomber de la falaise, tu en as bien conscience? Oui, tu devais le savoir.

Je tourne la clé dans la serrure pour fermer la porte d'entrée et me dirige vers l'immense bibliothèque. Ce que j'ai tu à Martin, c'est qu'il n'y avait que peu de place pour l'instruction dans ma famille. Tout ce que j'ai appris, c'était avec toi. Je lisais à peine lorsque nous nous sommes rencontrés. Et toi, toi tu dévorais Zola, Hugo et tant d'autres. Patiemment, tu m'as enseigné ce qui ne me paraissait pas à ma portée. Je n'ai jamais vraiment eu le goût de lire, mais j'aimais t'entendre me raconter leurs histoires. Je sais celui qui fait voyager, celui qui décrit son monde avec tant de justesse. Différencier la plume de la poétesse de celle de la romancière. Tout ça, grâce à toi. Depuis que tu n'es plus là, ils se sont tus. Je n'entends plus Hugo parler d'Esmeralda, ni Shakespeare de Juliette et de son Roméo. Je n'aurais jamais cru cela possible, mais leurs mots me manquent. Ta voix me manque.

Assise devant le mur de livres, pour la première fois depuis que tu n'es plus là, je te pleure. Silencieusement, comme une excuse au temps qui est passé et que personne ne nous rendra. Je te pleure de tout mon être.

Mon Dieu, Gaston, si tu savais comme ça me fait mal de ne plus t'entendre rire, de ne plus écouter tes blagues qui ne faisaient glousser que nous ! Ta voix me manque, ton corps me manque. Pourquoi tu m'as laissée ? On avait encore quelques années à tirer ensemble.

Un hoquet las finit par clôturer mes pleurs. Léo est venu me trouver. Son miaulement n'est qu'un murmure lorsqu'il s'installe sur mes genoux.

Les Grâces me jugent. Tu te rappelles ce tableau trouvé aux puces ? Les trois femmes allongées nonchalamment m'observent. Je suis bien loin de leur standard de beauté. Mais toi tu t'en fichais, tu me trouvais belle, à ta façon. Et, dans tes yeux, je rayonnais. J'ai appris à vivre quand tu es entré dans ma vie. Comment continuer lorsque tu l'as quittée si abruptement ?

La voisine du dessus

— Maman, il faut que tu sortes un peu!

— Mais je sors, qu'est-ce que tu racontes? Je suis dehors tous les matins!

Les trois quarts de la nuit et dans la cour, mais je le tais à Freddy pour ne pas augmenter son inquiétude. Il profite de sa pause-déjeuner pour venir dévorer un sandwich à la maison. J'aimerais que ce moment reste joyeux.

— Papa ne voudrait pas ça. Il voudrait te savoir heureuse.

Freddy ne pense pas si bien dire... Si je suis heureuse? Je ne crois pas que je le pourrais encore. Enfin, je ne sais même pas par quoi commencer.

Freddy croque dans son pain aux rillettes de canard et fait tomber un cornichon. Ça me fait sourire: malgré toute l'énergie que j'ai pu mettre à essayer de leur apprendre à manger convenablement, le moindre relâchement est un vecteur de cochonnerie chez Freddy. Cela lui demande une concentration extrême, ce qui rend fou l'obsédé du contrôle qu'il est.

— S'il te plaît, pas de remarque.

— Je ne commence pas si tu arrêtes de me dire quoi faire de ma vie de veuve.

Il lève les yeux au ciel. Je sais que j'ai gagné. Lorsqu'il me quitte, c'est avec mélancolie que mon cœur s'interroge sur sa prochaine visite. Quelques jours ? Une semaine peut-être ? Les journées me paraissent désormais interminables, d'autant plus que les jours rallongent en ce moment. Une minute de plus chaque soir.

Marc m'appelle pour prendre des nouvelles, quasiment dès le départ de son jumeau. Entendre sa voix panse les plaies béantes. S'ils savaient toute la fierté et tout l'amour que j'ai pour eux, sans être capable de le leur dire.

Le soleil décline quand je sors fumer une cigarette. Plusieurs jours sont passés sans que je revoie ce gamin réservé aux yeux cernés. Étonnamment, je me suis mise à attendre cette rencontre. À espérer apercevoir ces traits soucieux qui éveillent tant de souvenirs. C'est avec surprise que je le vois arriver, l'air gêné, presque désolé de m'adresser la parole. Son poignet gauche est tenu par un strap bleu.

— Comment tu t'es fait ça, gamin ?

— Je suis tombé.

— À d'autres !

Il me dévisage, cherchant ses mots, une excuse que je pourrais gober peut-être.

— Tu vas où comme ça avec ce monstre à pattes ?

— Je dois la sortir.

— Avec ton poignet en vrac ? Je t'accompagne !

Ça ferait plaisir à Freddy, ça ! Je ne manquerai pas de le lui dire. Je ne suis déjà pas femme à chat alors aller promener cette petite goinfre baveuse… J'ai pourtant en moi l'envie soudaine de me balader aux côtés de ce gamin perdu. Tu étais la lumière de mon chaos, Gaston, en partant tu m'auras laissé un phare, boutonneux, bancal, mais lumineux malgré tout, je le sens.

— Laisse-moi enfiler mon manteau, je te rejoins à l'entrée.

Cinq minutes plus tard, emmitouflée dans ma parka verte, je me retrouve à marcher au bras du gosse, la laisse du chien dans l'autre main. Tu y aurais cru quelques mois plus tôt toi, Gaston ? Il fait agréablement doux. Les canards n'ont pas quitté leur place dans le lit de la rivière, le long du halage. Rien ne semble les perturber, pas même la chienne qui leur aboie après, à bonne distance tout de même. Courageuse mais pas téméraire. Un peu comme moi, en fait. Les premiers mètres sont silencieux. Le gamin doit se demander ce que peut bien faire cette inconnue à son bras. Pourtant, à mesure que nous marchons, je le sens se détendre. J'ose enfin :

— Comment s'est passée ta semaine ?

— Comme d'hab. Et la vôtre ?

— Pareil. Qu'as-tu pensé des lectures que tu as prises ?

— Je n'ai pas trop aimé *L'Écume des jours*. En revanche, j'ai adoré *La Peau de chagrin* !

Martin me fait un exposé détaillé de ses lectures, me perdant parfois – souvent – mais j'aime entendre la fougue de ce gosse quand il évoque la plume de ces illustres auteurs. Sa prochaine étape : découvrir Zola. Pourquoi pas, après tout ? Je n'ai jamais accroché lorsque tu m'en faisais la lecture, Gaston. Peut-être le gamin y sera-t-il plus sensible ? Je vois dans ses yeux qu'à chaque lecture il voyage un peu plus, s'ouvrant à des horizons dont il n'avait jusqu'alors pas conscience. Je connais cette sensation, celle de vivre les vies écrites par d'autres, de ressentir des sentiments qui ne sont pas les nôtres. J'ai aimé que tu me fasses découvrir ces univers. Ils n'ont plus de sens depuis que tu n'es plus là. Je te l'avoue, Gaston, les premiers jours, je voulais jeter tes livres, les brûler, les sortir de ma vie comme tu l'as quittée : avec fracas. Ils ne m'inspiraient rien de plus que de la mélancolie, la nostalgie d'un temps révolu qui ne m'appartient plus. Ils étaient une partie de toi. J'ai lutté pour ne pas le faire. Je les ai mis dans des sacs plus lourds que moi, entreposés dans un coin du bureau. Je passais tous les jours devant, me disant que je ferais mieux de les traîner jusqu'à la poubelle. J'avais envie de te punir. De te faire mal de m'avoir laissée. Pour autant, la seule à souffrir restait encore moi. Un à un, je les ai ressortis et remis à leur place. À chaque couverture, des souvenirs anciens resurgissaient. Des lectures à la montagne entre deux tartiflettes, d'autres bercées par le calme de notre salon. Que ne donnerais-je pas pour entendre ta voix de nouveau ? Perdue dans mes pensées, je manque de trébucher, heureusement rattrapée par Martin. Seule dans mes souvenirs, j'en ai oublié de lui tenir la conversation.

— Tu as envie d'étudier la littérature après ton bac ?

— Oh non, j'aime lire mais je ne voudrais pas évoluer dans ce milieu ni l'enseigner.

— Qu'est-ce qui te plairait alors ?

Martin hésite un moment. Il remonte la fermeture de son blouson, à la dernière mode. Ses chaussures blanches crissent sur les petits cailloux du halage. Il détache la chienne qui court aussitôt après les pigeons et l'appelle pour qu'elle revienne docilement à son pied.

— J'aimerais étudier la comptabilité. Vous trouvez ça étrange ? s'empresse-t-il d'ajouter.

— Pas du tout ! Pourquoi, ça l'est ?

— Non... enfin, j'en sais rien ! Au lycée, ça ne le fait pas trop, en tout cas. Ajoutez à ça l'option latin... C'est juste que j'ai déjà presque tout prévu : fac, cursus complémentaire en parallèle. Cinq ans à Bordeaux pour aller jusqu'au master et ensuite essayer de trouver un poste qui me plairait.

— Ma belle-fille est experte-comptable. Je ne sais pas trop en quoi ça consiste, je ne lui ai jamais demandé.

Je suis étonnée par tous les projets d'avenir de Martin. Lui, si réservé, si peu sûr de lui, semble certain de son futur et de sa capacité à réaliser ses rêves. Il est comme toi, Gaston : il y arrivera. Il a juste besoin d'un coup de pouce. De quelqu'un qui croit en lui.

— Pourquoi vous souriez ?

— Je pensais à ton projet. Là où certains sont perdus, toi, tu sais déjà tout ce que tu veux faire de ta vie.

— Je suis bizarre.

— Non ! Prévoyant, mature. Moi, je suis bizarre, n'importe qui pourra te le dire. Et puis même, la folie est un trésor, crois-moi. On s'en fout de ce que les autres en pensent.

— Vous n'avez jamais souffert de ça ? D'être différente, à l'écart ?

— Ressembler aux autres ne m'intéressait pas. Quand les enfants parlaient à voix basse à mon passage

– imagine, j'étais pauvre, orpheline de père, ils avaient de quoi dire –, ma mère me répétait « S'ils te regardent, c'est qu'ils t'envient ». Je n'en ai jamais douté. Je n'avais pas un sou, une poche en guise de cartable et l'œil revêche. Pourtant, je me disais que, quoi qu'ils pensaient, bien ou mal, ils parlaient de moi. J'étais le centre de leur conversation, de leur vie, un instant durant, alors qu'ils n'étaient rien dans la mienne.

— C'est revanchard.

— Et encore, je te tais toutes les histoires de bagarre de cour d'école. J'étais une teigne.

— Est-ce que ça a changé avec le temps ?

Le visage de Martin s'illumine d'un sourire taquin. Vraiment, Gaston, on dirait toi. Plus réservé, mais il a un « je-ne-sais-quoi » qui me fait penser à toi.

— Bien vu, gamin, dis-je en souriant à mon tour.

Nous continuons notre périple jusqu'au banc rouge où je m'asseyais des semaines plus tôt avec mes petits-enfants. Essoufflée, une pointe dans le dos, je fais signe à Martin que je dois faire une pause.

— Vous voulez que j'appelle quelqu'un ? demande-t-il inquiet.

— Ne t'inquiète pas petit, je ne vais pas te lâcher ici ! J'en ai encore sous le capot.

J'ouvre un peu mon blouson afin de prendre l'air frais tandis que Martin s'installe à côté de moi. La chienne vient me lécher la main, semblant me prendre le pouls.

— Ça vous arrive souvent ?

— Je ne vais plus régulièrement faire ce type de sortie. Pas à ce rythme, en tout cas. Mes balades se résument à trente minutes tous les je ne sais combien, à pas de tortue, pour nourrir les trois canards du canal et entretenir la mécanique rouillée de mes genoux.

— Il faudra le faire plus souvent alors. Comme ça, vous renforcerez votre cœur et ça ira mieux.

— Te voilà médecin, maintenant. On dirait mon fils.

Il me sourit, tendrement. Sans reproche dans le regard, seulement de l'inquiétude. Tu vois, Gaston, voilà pourquoi j'aurais dû rester loin de ce gosse. Il ne faut pas qu'il s'attache à une vieille bique comme moi. Qu'est-ce que je vais lui laisser après ? Des livres et des regrets ? Il n'a déjà pas de famille, je ne veux pas qu'il pleure une illustre inconnue. D'autant plus si c'est moi. Je ne vais pas lui refaire le coup des hirondelles, c'est plus un gosse celui-ci et il me prendrait pour une folle à coup sûr. Je pose ma main ridée sur la sienne. Il se laisse faire.

— Tu m'as attendri le cœur, gamin, voilà tout. Allez, on repart, un peu moins vite, tout ira bien, tu verras.

Tout n'a pas bien fini, évidemment. À peine avons-nous franchi la porte d'entrée que la pointe s'est faite plus pressante, accompagnée d'une vive douleur au ventre. À bout de souffle, je me suis retrouvée au sol aussi rapidement que tu as cassé ta pipe, Gaston. J'ai vu une panique immense dans le regard du petit. Il a pris son téléphone, appelé les pompiers et m'a tenu la main jusqu'à leur arrivée.

J'ai lu dans ses yeux une peur à la hauteur de son incapacité à faire quoi que ce soit. Est-ce que j'aurais été comme lui, si j'avais eu la possibilité de te sauver ?

Aurais-je réagi assez vite ? Comme il faut ? Est-ce que sentir mes doigts entre les tiens t'aurait donné envie de rester encore un peu ? À dire vrai, je sais que si tu l'avais pu, tu ne serais pas parti. Tu serais resté avec nous pour cajoler nos fils et me chérir, toujours. Tu serais en train de m'engueuler parce que, fumer à mon âge, ce n'est pas sérieux. Tu te tiendrais à côté de moi, assis sur une de nos chaises en fer forgé, dans la cour, en buvant ton porto et en sifflotant des mélodies qui font danser les oiseaux. Oui, si tu avais eu le choix de rester, tu l'aurais pris. Mais c'était ton heure. Il est sacrément con cet horloger du ciel de faire partir ceux dont on a encore besoin.

L'hôpital a ensuite prévenu les garçons. « Une fausse alerte », mais des rendez-vous réguliers chez le cardiologue pour s'assurer que tout va bien.

J'ai été examinée dans une pièce froide de l'hôpital de notre secteur. Non sans avoir râlé, tu te doutes bien.

Si je ne meurs pas de mon petit souci au cœur, je vais bien réussir à choper quelque chose ici. Les infirmiers courent dans tous les sens, il y a trop de monde, pas assez de soignants. Je ne serais pas étonnée que la femme de l'accueil soit également celle qui nettoie les chambres et opère quand elle a deux minutes. Le tout pour un SMIC dont elle ne verra que les quelques centimes restants à la fin du mois. Tu veux mon avis, Gaston ? Il y a quelque chose qui déconne dans tout ça. Les billes ne sont pas distribuées aux bons joueurs.

Des gens attendent sur des brancards dans les couloirs, de l'adolescent au poignet cassé à l'ouvrier qui a fait une chute de son échelle. Et Dieu que c'est vétuste !

Tu as bien fait de ne pas mourir ici, tu n'aurais pas aimé. C'est trop impersonnel pour toi. Tu aurais eu pitié des gens qui font de leur mieux, ça t'aurait retardé dans ton grand départ.

L'infirmière m'a perfusée avec Dieu sait quoi, a pris ma tension et branchée à une machine qui faisait un bruit bien étrange. Je ne crois pas avoir été aussi connectée pour accoucher des jumeaux. Marc s'en amuse régulièrement avec son expression « à l'ancienne ». Il compare d'ailleurs leurs naissances à celles de ses propres enfants. Bien plus encadrées et bienveillantes qu'à mon époque. Ce n'est pas du luxe si tu veux mon avis, Gaston. Rappelle-toi : tu attendais dans le couloir et, rien qu'aux hurlements, tu avais failli tourner de l'œil. Une autre époque, Marc a raison.

C'est dans un fauteuil roulant que je rentre chez moi, accompagnée de ce dernier. Le trajet du retour a été un long sermon sur ce que je dois faire ou ne pas faire. Depuis quand les jeunes ont-ils le droit d'embêter leurs vieux ? Une autre époque, je te dis !

— Tu ne trouves pas que j'ai un petit air d'Elizabeth II sur son trône ? En plus, j'ai déjà le prénom, mais elle m'a devancé.

— Maman… Tu vois quand on te disait que reprendre la cigarette était une mauvaise idée.

— Il a dit « fausse alerte » ce docteur, pas « La cigarette va vous tuer, ce n'est pas sérieux ».

— Enfin, ça ne doit pas aider. Je vais rester ici cette nuit.

— Ah non ! Tu vas venir surveiller si je respire, tu vas me faire peur et, là, je vais mourir. Pour de vrai.

Tu veux me rendre un service ? Rends-toi porte 2B, tu vas tomber sur une belle femme avec un enfant, enfin un ado, dis-lui que je vais bien. Il était inquiet quand je suis partie.

— C'est lui qui a appelé les pompiers ?

— Voilà. Fais ça et rentre chez toi avec tes petits, inutile de les inquiéter.

— Comme tu voudras.

Mon fils m'embrasse sur le front avant de partir, non sans m'avoir au préalable réchauffé une brique de soupe et servi un verre d'eau. À peine a-t-il fermé la porte que le fixe sonne. C'est Freddy.

— Vous êtes bien arrivés ?

— Enfin, Freddy, pour faire dix kilomètres ce n'était pas le rallye des gazelles non plus.

— Maman ! Je suppose que tu as fait ta tête de mule et que tu as renvoyé Marc.

— Évidemment.

— Hm... Je passerai te voir demain. Essaie de ne pas mourir dans la nuit, s'il te plaît. Bises.

Il raccroche avant même que je n'aie pu riposter. Il ne perd rien pour attendre ! Je repose le combiné, persuadée que mon fils a peut-être hérité de mon sens de l'humour finalement.

Ah, mon Gaston, on était à « ça » de se retrouver. Où ? Je ne sais pas. Mais j'ai la certitude que tu m'attends quelque part. Je le sens. D'ailleurs, je ne te parlerais pas si je n'en étais pas convaincue. Il y a quelque chose qui nous lie d'une vie à l'autre. Ou d'une vie à là où tu es, en train de m'attendre. Tu es peut-être parti, mais tu es toujours là. Dans le café qui coule le matin, dans l'air frais qui s'engouffre dans la chambre, faisant voler les rideaux. Tu es dans les livres qui trônent fièrement dans la bibliothèque. Je crois que tu es un peu en moi, et surtout en eux.

Si je n'avais pas été avec le gamin, toi et moi, on mangerait du riz au lait au paradis. Ce n'est pas Léo qui aurait appelé les pompiers. Tu crois qu'il m'aurait mangée ? J'en doute, mais enfin... Il faudrait peut-être que j'envisage de mettre une chatière, au cas où. Qu'il puisse sortir et chercher son repas ailleurs. Je n'ai pas envie de finir en pâtée pour chat.

*

Freddy ne m'a pas dit à quelle heure il arriverait. Le connaissant plutôt bien, j'aurais parié qu'il viendrait me dire bonjour avant d'aller travailler. À 7 heures, je suis donc prête, une tisane à la main, une cigarette dans l'autre, Léo a déjà déserté la maisonnée pour vagabonder, Dieu sait où. J'ai toujours aimé le matin, quand personne n'est encore levé ou alors déjà parti. Quand le silence m'entourait et que la journée offrait un nouveau départ. J'aimais l'idée d'avoir une nouvelle chance à chaque lever. De faire mieux, d'être meilleure. Tu t'es toujours amusé de ça, admirant ma détermination, riant de mes lubies. Mais jamais tu n'as cherché à me changer. Ni mes crises de nerfs, ni mes excès de doutes. Tu avais compris bien avant moi qu'il n'y avait rien à modifier, juste à accepter avec patience et douceur. Quand je t'ai annoncé vouloir renoncer à mon poste à la blanchisserie, après la naissance des jumeaux, tu n'as rien trouvé à redire. Un simple «On se débrouillera, tant que tu es heureuse». Et je l'étais.

À leur première rentrée scolaire, j'ai apprécié d'avoir l'appartement pour moi seule quand les petits étaient à l'école et toi au boulot. J'occupais mes journées à coudre de nouveaux vêtements et à ranger notre chez-nous. Je savais que, chaque soir, vous reveniez et je prenais plaisir à vous accueillir. J'évitais tant que possible les autres mères et je ne m'en portais que mieux. Mon univers était entre ces quatre murs, protégée du reste du monde par la réalité que nous nous étions créée ensemble.

Aujourd'hui, mes journées n'ont plus de sens, les heures défilent avec une lenteur infinie. Il n'y a plus de pantalons à recoudre ni personne à attendre.

À 7h59, le portail de la cour s'ouvre. Freddy et Anne-Marie se dirigent vers moi au pas de course. Pressés comme des courtiers de Wall Street. Ils sont en stress et hyperactivité ce que Marc et Cathy sont en calme et sérénité. Je me demande comment nous avons pu avoir des enfants si différents. Ils ne pourraient pas être plus aux antipodes l'un de l'autre. Et pourtant, je n'ai jamais vu une telle complicité dans une fratrie. Marc a toujours défendu et intégré son frère, plus réservé. Freddy a constamment accompagné Marc dans ses choix de vie et auprès de ses enfants. Ils ne sont pas d'accord sur tout, peut-être même sur pas grand-chose, mais ils se témoignent un respect qui m'émeut et dont je suis très fière.

— Tu es sérieuse, maman?

— Bonjour! Vous vous êtes garés dehors?

— Pour ne pas encombrer la cour, répond Anne-Marie. Comment allez-vous ?

— Ma foi, plutôt bien, réponds-je en écrasant ma cigarette.

Freddy lève les yeux au ciel et je l'imite, ce qui a le don de l'agacer. Anne-Marie essaie de ne pas sourire, mais je vois bien que la situation entre son mari et moi l'amuse.

Je les invite à entrer pour leur offrir quelque chose à boire avant qu'ils ne partent travailler. Un thé vert pour Anne-Marie, un café pour Freddy. Et il parle de mes cigarettes...

Mon fils a perdu du poids. Sa veste de costume flotte légèrement sur ses épaules. Je ne sais si cela est lié au fait que tu sois parti si vite, ou à leurs soucis pour avoir un enfant. Peut-être les deux.

— Je peux repasser pendant ma pause-déjeuner, si vous voulez, me propose-t-elle. Je pense finir ma dernière réunion vers 12h30.

— Enfin ! Je ne suis pas mourante. Profites-en donc pour aller te balader tranquillement ou faire tes ongles, Dieu sait ce que tu fais sur ton temps libre.

Je vois Freddy baisser soudainement les yeux. Le connaissant : mauvais signe, quelque chose se trame derrière mon dos. Je le fixe alors sans dire un mot, jusqu'à ce qu'enfin il me regarde. Nous nous toisons un instant. Je penche la tête sur le côté, lui indiquant que j'attends quelque chose : sa confession. Cette tactique fonctionnait toujours sur lui quand il était petit. J'ai vu ça une fois dans un téléfilm policier. L'expérience s'est révélée efficace sur Freddy. Son frère n'avait pas besoin que j'en use sur lui : il gaffait de lui-même.

— Bon, d'accord. J'ai eu Marc au téléphone...

— Jusque-là, tout va bien.

— ... il m'a dit que tu lui avais demandé d'aller prévenir le jeune garçon qui a appelé les pompiers. Il y est allé mais, dans un premier temps, il s'est trompé d'appartement et est tombé sur une de tes voisines du dessus. Charmante, m'a-t-il dit. Comme elle est bavarde et que, tu vois, lui aussi, il lui a raconté tes dernières mésaventures et... elle va t'apporter un repas à midi.

— Il a fait quoi ? Une voisine que je ne connais pas et que je m'évertue à ne pas connaître depuis que vous portez des couches ?

— Maman, fais un effort, elle est peut-être gentille.

— Ah mais certainement ! C'est moi qui le suis moins, et peu sociale, tu crois que j'ai envie de me mêler aux gens qui auront pitié de moi ?

— Comme le petit voisin ? me coupe mon fils, espiègle.

— Martin, c'est un cas à part. Il est différent.

— Elle aussi, peut-être. Ou alors vous aurez une victime de plus dans le viseur, voyez le bon côté des choses, me taquine ma belle-fille. On va devoir y aller si on ne veut pas être en retard. On passe vous voir demain matin ?

Clairement, ma belle-fille est passée à un niveau de confiance supérieur avec moi. Mais je crois que j'aime bien son nouveau ton pince-sans-rire. Lorsqu'elle me sourit, je sais qu'elle a compris la confusion qui germe dans ma tête et qu'elle s'en amuse.

Qui l'aurait cru ? Toi, sûrement.

Je les salue, plus chaleureusement elle que lui, ce qui étonne mon fils, je crois toutefois qu'il apprécie le changement. Lorsqu'ils entrent dans la voiture, Freddy hésite quelques instants avant de revenir sur ses pas. Une fois devant moi, il me prend dans ses bras avec douceur, délicatesse, comme s'il craignait de me briser en deux. Tous deux enlacés sur le pas de la porte, dans un silence presque religieux, nous bougeons les lignes de la routine instaurée depuis si longtemps.

À quel moment a-t-on cessé de câliner nos enfants ? A-t-on senti la fracture, le vide immense, privés de leur tendresse ? Je ne m'en souviens plus. C'était il y a bien longtemps.

Lorsqu'il juge l'étreinte terminée, mon fils recule de quelques pas et essuie une larme discrète au coin de son œil. Il s'attend sûrement à une pique acerbe, faite d'un humour maladroit qui a oublié comment aimer. Rien ne vient. Mon cœur de mère a fait taire la femme peu sûre d'elle. C'est une bonne chose, tu ne crois pas, Gaston ?

*

À midi, la sonnette de ma porte d'entrée retentit. Je maudis Marc de toutes mes forces. J'ouvre et je découvre ma voisine du dessus. Une petite femme fluette que je dépasse à peine. Ses cheveux blancs sont tirés en chignon élégant et sa peau mate rehaussée d'un léger doré sur les paupières de ses yeux marron. La silhouette gracile, elle porte une robe pourpre et des ballerines en cuir. C'est une belle femme. Heureusement que j'ai pris le temps de remettre de l'ordre dans ma tenue. Même à mon âge, on n'aime pas être en guenilles face à une femme aussi élégante.

— Bonjour, je suis Miza, votre voisine du dessus, se présente-t-elle d'un accent chantant. Votre fils, Marc, m'a parlé de votre séjour à l'hôpital, je voulais vous apporter un repas pour vous soulager.

Je n'ai pas le temps de répondre que déjà Léo vient saluer la visiteuse en frottant son museau sur sa jambe. Traître.

— Je vous remercie, il ne fallait pas vous embêter.

— M'embêter? Je devais bien ça à Gaston. Je ne vais pas vous déranger plus longtemps.

Une sirène retentit dans ma tête. C'est quoi encore ce merdier, Gaston? Tu étais copain avec tout le voisinage?

— Vous connaissiez mon mari? l'interpellé-je tandis qu'elle fait demi-tour.

— Bien sûr, oui. Vous ne le saviez pas?

Je ne t'aurais pas posé la question, si j'avais été au courant! Il semblerait que j'ai la langue coupée depuis ce matin!

— Vous voulez partager ce repas avec moi?

Je ne peux m'empêcher de le lui proposer. Je veux en savoir plus. Tu as encore semé des cailloux, Gaston. Tu m'auras simplifié la vie mais, décidément, tu veux compliquer mon veuvage. Miza me suit à l'intérieur, Léo sur les talons. Elle décline le verre de Tariquet que je lui propose et lui préfère de l'eau pétillante.

C'est devant un plat de kimo[1], recette familiale, que Miza me raconte son histoire. Arrivée en France à l'âge de vingt ans, elle a commencé des études en pâtisserie, avant de rencontrer « l'homme de sa vie ». Il l'a d'abord soutenue, puis lui a mis en tête qu'elle pouvait très bien pâtisser pour lui seul et leurs futurs enfants. Pourquoi perdre du temps pour les autres quand on a un foyer si confortable ? Miza, pourtant prometteuse, a arrêté sa formation. Ils ont emménagé dans l'appartement au-dessus du nôtre. Ce qui devait être un foyer chaleureux s'est transformé en brasier de l'enfer.

Elle me sourit, ses dents étincelantes. Je remarque toutefois que l'une d'elles est cassée, révélant un trou dans sa dentition quasiment parfaite.

— J'ai multiplié les fausses couches puis j'ai perdu ma fille, elle avait un an, et Ferdinand, lui, c'étaient les coups et les tromperies. Nous n'avons pas eu d'autres enfants. Finalement, tant mieux, il aurait été un père déplorable et je n'aurais pas eu les épaules pour les protéger.

Freddy avait raison : cette femme est un moulin à paroles. Elle me fait penser à ma mère, après le décès de mon père. Elle qui ne disait jamais rien ne pouvait plus s'empêcher de parler, pour raconter des choses importantes, tout comme des futilités. À croire qu'elle avait décidé de rattraper toutes les années de silence.

Elle reprend une bouchée de son plat, délicieux d'ailleurs, avant de poursuivre :

1. Plat malgache.

— Vous devez me prendre pour une folle à déballer ma vie ainsi. En vérité, je n'ai pas honte de mon histoire, c'est lui qui devrait en avoir honte. Maintenant, il est mort, c'est plus compliqué, se met-elle à rire.

— Et comment avez-vous rencontré Gaston ?

— J'y arrive. Je suis restée mariée à cet homme pendant presque trente ans. Mon Dieu, quelle perte de temps ! Mais comprenez, ma famille était à Madagascar, de même que mes amis. J'étais un peu perdue ici, je n'avais que lui et les quelques connaissances faites pendant ma formation se sont vite éparpillées. Il ne m'aurait de toute façon pas laissée approcher qui que ce soit. Un jour, je descendais les poubelles, j'ai croisé votre mari qui faisait de même. Je crois qu'en plusieurs années ici, c'était la première fois que je le voyais. La veille, mon ex-mari m'avait battue si fort que j'avais cru perdre mon œil. Malgré mes lunettes de soleil, Gaston a vu. Il m'a dit que si j'avais besoin d'aide, il serait là. Que je n'étais pas seule ! Vous vous rendez compte, vous ? Je n'étais pas seule. J'avais moins peur d'un inconnu que de l'homme avec qui je vivais depuis des années. J'ai mis une semaine à me décider. Lorsque ma décision a été prise, votre mari m'a aidée à trouver un avocat et à me débarrasser du parasite qui me pourrissait l'existence.

— Je n'aurais jamais soupçonné ça, ici. On n'a jamais rien entendu ni cris ni… Croyez-moi, j'aurais été capable de distinguer ce genre de bruit.

— Ça n'a pas été simple, ni pendant ni après. Il est revenu plusieurs fois : il me croyait sa propriété et rien n'était mis en place pour que ça cesse. Ça a duré des mois. Qu'est-ce que je raconte : des années, oui ! Un jour, j'ai croisé Gaston au bar près de l'usine. Il était avec des collègues et m'a présentée à l'un d'eux. À cinquante ans passés, je n'y aurais pas cru, mais j'ai eu un coup de foudre. Il s'appelle Félix, comme le chat de la publicité.

— Je me souviens de lui, Gaston ne m'en disait que du bien !

— Eh bien voilà, ça fait maintenant presque vingt-sept ans qu'on se supporte. Chacun chez soi, en toute illégitimité devant Dieu, mais qu'est-ce que ça m'a fait du bien de revivre ! On part en croisière pour la Grèce dans trois mois. J'ai presque quatre-vingts ans et je suis plus heureuse qu'à mes vingt ans, qui l'aurait cru ?

Elle rit à gorge déployée. C'est quelque chose que j'enviais à ma mère, pendant longtemps d'ailleurs : sa capacité à aimer tellement la vie, malgré l'horreur. Elle a cru mourir après la mort de mon père, de chagrin peut-être. Un jour, mes frères l'ont prise à partie et lui ont demandé ce qui l'empêchait d'être soulagée, heureuse. Elle leur a répondu qu'elle l'avait aimé, avant qu'il ne devienne un autre homme. Surtout, oui surtout, elle leur a dit qu'elle ne savait pas comment faire pour vivre. Elle n'était même plus capable de choisir une tenue par elle-même, elle ne savait pas si elle aimait le sucre dans le thé ou le parfum qu'elle portait depuis des années.

Elle a dû tout réapprendre, comme un nourrisson qui vient au monde dénué de toute connaissance. Elle n'a jamais été extravagante et n'a pas changé du tout au tout. Par contre, elle a savouré chaque seconde de liberté qui lui était accordée. Elle ne courait plus après le temps par peur. Je me souviens d'elle à la fin de sa vie, une tisane à la main, admirant le coucher de soleil.

Après la mort de mon père, si on la cherchait le soir, elle était toujours au même endroit, une boisson plus que sucrée entre les doigts. Un jour, elle n'avait pas mangé et il était 21 heures, je me suis installée sur la balancelle à ses côtés sans un mot. « Je ne prenais jamais le temps de regarder le soleil se coucher quand ton père était là. Il fallait faire à manger et s'occuper de vous. Je ne savais plus à quoi il ressemblait, le soleil, lorsqu'il s'en va », m'avait-elle dit dans un souffle. Comment peut-on imaginer qu'une chose si simple ne lui était plus accessible ? Sa liberté, c'était ça. Depuis sa mort, je la vois dans chaque soleil qui décline.

Miza, elle, a voyagé, aimé, repris des cours de pâtisserie. Elle a rattrapé le temps qu'elle a perdu. Deux combats, deux issues.

— Il vous manque, n'est-ce pas ?

— Chaque jour, dis-je sans réfléchir.

— Je ne l'ai connu que très peu et dans un contexte tellement particulier. J'ai souhaité vous inviter à dîner, le remercier par la suite. Il m'a dit « Vous ne me devez rien, si ce n'est d'être heureuse ». Il n'a été qu'un étranger croisé par hasard au cours de ma vie, pourtant il en a changé la teneur.

— Je ne sais pas pourquoi il ne m'en a pas parlé.

Enfin si, peut-être. Tu craignais tellement que je ne supporte pas de revivre ça. Même par le biais d'une inconnue. Je te connais Gaston, tu aurais eu peur que tout ne remonte à la surface, ou pire, qu'armée d'un rouleau à pâtisserie j'aille taper sur le casque de ce malotru.

Je t'imagine sourire à l'idée de cette deuxième option. Ce que ton sourire me manque… Tu m'aurais dit : « Lise, on ne règle pas les choses comme ça. Laisse-moi me débrouiller, il ne lui fera plus de mal, c'est promis. » Et quand tu promettais quelque chose, alors là, il fallait une armée pour te dévier de ta trajectoire. Sauf quand tu m'as promis de ne jamais me laisser.

*

— Tu écoutes jamais quand je te dis des trucs ! Laisse-moi ! Mamiliiiii !

Dieu me vienne en aide. Je dois garder les petits le temps que Marc rencontre un client potentiel. Enfer et damnation : aujourd'hui, ils sont particulièrement insupportables. C'est désolé et soulagé en même temps que mon fils les a « jetés » à ma porte en me gratifiant d'un « À plus tard, bon courage ». Ah, du courage, il en faut !

J'ai tout essayé : « pokétruc », les coloriages, des jeux bizarres dont je n'ai pas compris les règles. Bref. Rien ne les empêche de se chamailler. Léo a déserté, préférant la tranquillité de la rue au bazar de mon appartement. Je l'envierais presque. Comment faisions-nous avec nos propres enfants ? Étaient-ils tout aussi bruyants et dissipés ? Je n'en ai pas le souvenir, sans doute effacé par le temps qui passe, la vieillesse qui s'installe et la patience devenue toute relative. On dit pourtant que les grands-parents sont capables d'une grande bienveillance. Peut-être, mais je crains de ne jamais me faire aux cris et chamailleries.

— Bon, ça suffit, asseyez-vous !

Me voir hausser le ton les surprend. Obéissants, et silencieux, ils s'installent à la table de la salle à manger. Je place une nappe épaisse pour protéger le bois ciré et sors ce qui, je l'espère, les occupera une heure au moins.

Deux cahiers, de la colle et des crayons, sans oublier des fleurs et feuilles séchées placées proprement entre deux livres par mes soins, il y a des semaines.

— On va faire un herbier. Vous avez un cahier chacun et suffisamment de matériel et de fleurs pour compléter toutes les pages. Si vous vous disputez, je reprends tout, direction la poubelle. C'est entendu ?

Ils sont subitement tout à fait silencieux. On entendrait une mouche voler. Je ne suis pas sûre du bien-fondé de ma méthode éducative, toujours est-il que je ne les entends plus. Concentrés sur leurs créations, ils en oublient que Lucas chantonne et que sa sœur parle toute seule, ce qui exaspérait le premier dix minutes auparavant et faisait râler la seconde.

Le petit a une très jolie voix. Ce n'est pas la première fois que je l'entends dire qu'il aimerait faire de la musique. Il faudrait que j'en parle à Marc, je voudrais lui offrir des cours. Quant à Margaux, elle se révèle extrêmement douée : aux fleurs collées en milieu de page, elle ajoute leurs noms avec des arabesques gracieuses, des dessins d'oiseaux et de paysages ravissants. Je ne la savais pas si habile en dessin.

Je m'installe aux côtés de Lucas, qui a déjà de la colle plein les doigts, et l'aide à réaliser son propre herbier, sa sœur n'ayant visiblement besoin d'aucune aide.

— Tu chantes bien, Lulu.

— Tu trouves ?

Je hoche la tête.

— Je peux te chanter une chanson qui passe souvent à la radio ? On l'a apprise à l'école.

— Bien sûr.

Le petit commence à chantonner, d'abord avec timidité puis, prenant de l'assurance, sa voix remplit l'appartement. La mélodie est douce, elle laisse derrière chaque note une certaine mélancolie. Je ne sais pas s'il saisit toutes les paroles, si leur instituteur leur a expliqué. Une boule se forme dans ma gorge. Même Margaux s'est arrêtée pour l'écouter. Elle le regarde, emportée. Bien sûr, à leurs âges, aucun des deux ne dira à l'autre qu'il l'admire et le soutient. Pourtant, dans leurs regards, dans leurs attitudes, malgré les chamailleries et querelles enfantines, je les sais là l'un pour l'autre.

Lorsqu'il termine, nous l'applaudissons chaleureusement, ce qui le fait rougir.

— Tu pleures, Mamili ? m'interroge le chanteur en herbe.

J'essuie mes yeux dont je n'avais pas vu venir la trahison.

— Un peu, ce n'est rien.

— Je ne chanterai plus si ça te rend triste.

J'attrape sa petite main entre mes doigts ridés alors que sa peau est lisse, sans aucun défaut. Ce contraste me saute aux yeux. Ils sont la suite logique, n'est-ce pas, Gaston ?

— Ne t'arrête jamais de chanter, tu es doué pour ça, Lulu. C'est justement parce que tu réussis à créer des émotions que tu ne dois jamais arrêter.

Il reprend alors son herbier, un peu plus pensif cette fois. Ses mains maladroites sont tout aussi enduites de colle que les pages du cahier.

— C'est pas très joli, Mamili. On dirait que les feuilles sont directement tombées de l'arbre dans le cahier, là… Margaux, elle fait un truc trop beau !

— Mais moi, je chante mal, avoue-t-elle.

— Vous avez chacun un talent incroyable, et c'est une sacrée chance de le savoir si tôt. Margaux est très douée pour le dessin et toi, pour la musique. Vous faites une jolie paire d'artistes.

— On est des artistes ? m'interrogent-ils en chœur.

— Évidemment !

Sans trop savoir pourquoi, cela les enchante. Ils ne sont plus seulement des enfants, une autre porte leur a été ouverte par un après-midi qui commençait sacrément mal.

Lorsque leur père arrive, il les trouve attablés, leur herbier d'un côté, un goûter de l'autre. Il m'interroge du regard, surpris du calme olympien régnant dans l'appartement et je hausse les épaules innocemment. Après tout, il n'a pas besoin de tout savoir. Même Léo est revenu, ronronnant aux pieds des gosses sous la table, espérant voir tomber quelques restes du goûter.

— Mamili dit qu'on est des artistes maintenant, le renseigne Lucas la bouche pleine.

Margaux hoche la tête le plus sérieusement du monde lorsque leur père s'installe à table à leurs côtés. Marc s'empare d'une brioche sucrée et la fourre dans sa bouche, se léchant les doigts un à un.

— Cathy vient récupérer les petits ce soir.

— Dis-lui de passer ici, si tu veux. Vous pouvez rester manger d'ailleurs.

— Elle est avec Tom.

— Justement, dis-leur de venir! Enfin, si ça lui dit. Invite Joseph aussi.

— Tu es d'humeur à faire la fête ou quoi?

— Je me disais que passer un peu de temps avec vous serait pas mal. Allez, appelle-les, je vais faire décongeler quelques trucs.

Dans quoi me suis-je encore engagée? Je n'ai pas vraiment cuisiné depuis ton départ, Gaston, alors là d'un coup, ça me demande de sacrés efforts. Tu étais le pro des repas de famille, mon Gaston, avec tes omelettes cuites à la perfection et ton poulet rôti. Je crois qu'il en reste un prêt à cuire au congélateur. Oserais-je le sortir? Laisser partir les derniers petits riens que tu m'as laissés. Non, hors de question. Des côtes de porc, que je ferai trop cuire et des pâtes qui ne le seront pas assez, voilà qui fera l'affaire.

Trois heures plus tard, nous sommes attablés devant ce que j'espère être un repas pas trop raté. Au moins, les invités ont-ils la délicatesse de ne rien relever.

Tom est sacrément gentil et Marc avait raison, il est fou amoureux de Cathy. Sa façon de lui prendre la main, de la regarder lorsqu'elle s'exprime, il n'a pas peur de montrer ses sentiments pour elle au reste du monde et je ne l'en apprécie que mieux. Joseph et Cathy n'ont pas arrêté de se chambrer. Je crois que ces deux-là tissent une amitié sincère, sous le regard attendri de

Marc, qui n'en aurait jamais espéré tant. Elle est jolie, leur famille recomposée. À leur image, drôle, pleine de tendresse et de respect.

— Élisabeth, c'était délicieux, me complimente Joseph.

— N'en fais pas trop va! dis-je en servant le café. Je ne suis pas la meilleure cuisinière qui soit. Ma voisine Miza est bien plus douée. Tu la connais, Marc, n'est-ce pas?

Ce dernier pique un fard, sous l'hilarité générale. Bien sûr, ils sont tous au courant. Je lui raconte alors ma conversation avec son frère et la visite de ma voisine du dessus dont je tais l'histoire. Ils n'ont pas besoin de tout savoir après tout. Il finit par nous confier qu'il a bien eu raison de lui dire de venir étant donné que je n'ai pas passé un moment désagréable. Il n'a pas tort, mais je ne lui concéderai pas. Manquerait plus qu'il s'en vante à tous les repas qui vont suivre. Je l'y vois déjà!

Les enfants se sont endormis sur le canapé. Couchés tête-bêche, ils n'auront pas pu finir leurs BD tombées par terre. Lulu a la bouche entrouverte, dans un sommeil proche du coma tandis que sa sœur fronce les sourcils, visiblement plongée dans un rêve qui l'enchante peu.

J'envie leur insouciance. À mon âge, je ne connais que trop la vie pour l'appréhender avec candeur. Je sais ses hauts, ses bas et ses chemins sinueux dont vous commencez la route sans jamais voir ce qui vous attend au prochain virage. Où que tu sois, mon Gaston, j'espère que tu veilles sur eux. Non, j'en suis sûre. Prends soin de leur éviter de se prendre les pieds dans un caillou plus gros que les autres et de se perdre en route. Ils sont si petits. J'espère qu'ils verront leurs vies comme des aventures et pas comme une lutte sans fin. Qu'ils croiseront la route de gens qui les aimeront aussi fort que moi en cet instant, parce qu'un jour, moi aussi je ne serai plus là, tu vois. Je ne voudrais pas qu'ils soient seuls, jamais. Peut-on préserver ceux qu'on aime de la vie qui défile ? Je ne pense pas, c'est peut-être mieux ainsi, tu me diras.

Tu crois qu'ils savent que mon cœur tout ridé est rempli d'amour pour eux ? Qu'ils sont comme toi, qu'ils voient au-delà de ce que les adultes montrent, avec bien plus d'intelligence et de discernement qu'on pourrait le penser ? Je l'espère.

Leur réveil se fait en douceur, une partie d'eux-mêmes encore perdue dans les songes. Lucas baragouine des phrases inintelligibles tandis que Margaux ouvre un œil pour le fermer aussitôt. C'est donc dans les bras de Tom et de Marc qu'ils regagnent la voiture de leur mère. Il est presque minuit.

Je les salue d'un geste de la main avant de refermer la porte. C'est le moment que choisit Léo pour réapparaître en miaulant.

Décidément, je ne suis jamais seule.

… et celle d’à côté

Une semaine plus tard, jour pour jour, Miza vient frapper à ma porte, un panier dans les bras. Son regard franc et déterminé accroche immédiatement le mien, surpris de cette intrusion. Qui oserait perturber la tranquillité d’une veuve si ce n’est la voisine qui a décidé que la morosité n’avait plus sa place dans la vie ?

— Bonjour, je ne vous attendais pas.

— Moi non plus ! Enfin, c’est moi qui suis là, donc… je me disais, de temps en temps, si vous ne faites rien, on peut manger ensemble ! J’ai fait une tarte au citron meringuée pour le dessert. Je ne vois pas Félix les mardis et jeudis. Dieu sait pourquoi, on a toujours fonctionné comme ça. On préserve nos espaces personnels. Donc le mardi et le jeudi après-midi, je vais au club de 15 à 18 heures. Allons-y ensemble !

Tant de mots en si peu de temps. J’en ai le tournis. Je n’ose l’interroger sur ce « club » dont elle fait partie. À l’entendre, cela revêt un aspect presque mystique ou interdit. Je me surprends à l’imaginer contrebandière.

Pourquoi pas après tout? J'ouvre un peu plus la porte pour la laisser passer. Une délicieuse odeur suit Miza, faisant miauler Léo.

Je sors deux assiettes et nous installe, comme l'autre jour, dans la salle à manger. Mon invitée sert elle-même le plat encore fumant qu'elle a amené. La sauce alléchante glisse le long des assiettes en faïence bleue.

Miza me fait part de ses voyages solitaires ou en compagnie de Félix, de sa liberté retrouvée, de son appétence pour le scrabble et de sa passion pour l'art culinaire. Elle m'interroge sur notre vie. J'ai un peu honte de ne pas avoir autant de belles choses à raconter, les miennes sont plus simples, plus «nous». Pourtant, elle trouve chaque anecdote délicieuse, chaque souvenir parfait. Elle me dit combien j'ai eu de la chance, et j'en saisis chaque fibre aujourd'hui.

À 14h45, après m'avoir aidée à faire la vaisselle, et me faisant louper ma sieste, elle m'entraîne avec elle au cœur du village dans le petit café du coin. Elle ne cesse de discuter durant tout le trajet, ses mots ponctués par le bruit sec de ses talons sur les pavés. Ce n'est pas plus mal, j'ai toujours été gênée quand il s'agit de faire la conversation. Comme si la peur de dire la mauvaise chose au mauvais moment m'étreignait la gorge.

La terrasse du café ne comporte que deux tables, que nous contournons pour aller directement à l'intérieur. Depuis le temps que je passe devant, je n'y ai pourtant jamais mis les pieds. Une douce chaleur nous enveloppe immédiatement, nous obligeant à quitter nos manteaux. Sitôt le mien posé sur le portemanteau, Miza m'entraîne à sa suite.

C'est simple, chaleureux avec son mobilier en bois qui grince un peu lorsqu'on s'assied dessus. On se croirait dans un autre temps, une autre époque. La nôtre. Celle des gamins qui économisaient trois sous pour s'acheter des bonbons dans l'épicerie qui faisait aussi café du coin, boulangerie et poste. Ceux qui avaient une tenue pour le dimanche tandis que celle de tous les jours s'usait jusqu'à la corde. Qui faisaient des kilomètres à pied ou à vélo pour une école dont la plupart ne termineraient pas le cycle.

— C'est ça, le « club » ?

Elle me dévisage, surprise :

— Vous vous attendiez à quoi ? Un club de vieux, oui, dit-elle en riant. Mais qui gardent la jeunesse ici, continue-t-elle en pointant son doigt sur sa tempe.

Je sais que tu venais au café de temps en temps, Gaston, mais ce n'est que lorsque Miza m'a présentée à tous que j'ai saisi l'importance que tu pouvais avoir dans la vie de ces gens. De Robert que tu aidais à remplir sa feuille d'impôts tous les ans, à Lucienne que tu assistais dans ses démarches pour sa mutuelle, en passant par Jo à qui tu donnais des livres, comme à Martin. Tu étais un rayon de soleil, Gaston, et, comme l'astre, tu rayonnais bien au-delà de notre petit appartement. Comment ai-je pu rater tout ça ? Ce n'est pas un jardin secret que tu avais, c'est une zone naturelle sur des hectares !

Je prends place aux côtés de Miza qui m'explique s'asseoir à la même table, chaque semaine. Gare à celui qui prendrait celle d'un habitué ! Il pourrait être pourchassé à coups de canne et jurons d'un autre siècle.

Une troisième chaise reste vide une dizaine de minutes avant qu'une femme tout en rondeurs s'approche. Sa poitrine opulente est cachée par un chemisier à fleurs rentré dans une jupe longue qui touche presque ses chaussures orthopédiques. Ses cheveux blancs sont élégamment tressés et retenus en arrière par une barrette. . Elle me sourit, tout en conservant une certaine distance. Ses yeux interrogent Miza qui fait les présentations. Il s'agit donc de Stella, une résidente de l'immeuble contigu au nôtre. «La voisine d'à côté», s'amuse Miza. Cette Italienne, arrivée dans les années 1930 avec ses parents, est veuve et mère de cinq enfants «terribles», dit-elle.

Si elle paraît méfiante face à l'inconnue que je suis, l'heure n'est pas écoulée qu'elle semble avoir décidé que je pourrais faire partie de leur club des «veuves joyeuses». Son mari est décédé après une lutte acharnée et perdue d'avance contre un cancer qui n'a cessé de s'étendre. Alors c'est ce que je suis aussi maintenant? Une veuve joyeuse? Un nouveau badge collé sur la poitrine comme du temps des scouts. J'en ai eu des étiquettes, mais celle-ci, je m'en serais bien passée!

— Il est triste de voir partir celui qu'on aime de cette manière. À la fin… Non, je ne vais pas vous embêter avec tout ça! C'est curieux qu'à nos âges nous échangions nos identités, puis les causes de décès de nos vieux. Que c'est triste de vieillir!

— Que c'est beau, au contraire, répond Miza dans un rire. On ne s'embarrasse plus des faux-semblants; si quelqu'un t'ennuie, tu te moques des politesses, tu n'as plus le temps pour ça. Ah non, il est beau de vieillir, cela enlève le poids du qu'en-dira-t-on.

— Je crois que j'étais vieille avant l'heure, alors, ne puis-je m'empêcher d'ajouter.

Miza et Stella me regardent un instant, avant que la première réponde :

— Il y a des histoires et des parcours qui font vieillir plus vite que d'autres. C'est ça, la vie.

Oui, c'est ça, la vie. N'est-ce pas, Gaston ? C'est une jeune fille perdue et un garçon téméraire à l'ambition débordante. Des enfants qui rient, oubliant le danger et la vie qui passe. C'est une valse qui ne finit jamais. Non, un tango ! Voilà, la vie c'est un tango, avec ses temps longs, ses espoirs, sa passion et ses doutes. Mais comment le danse-t-on quand son partenaire s'en va ?

Mes compagnes de tablée m'invitent à me joindre à elles pour une partie de scrabble. Je vois l'Italienne sortir l'instrument de torture du tiroir de l'immense vaisselier revisité en armoire à jeux.

— Miza invente des mots, mais on s'en sort plutôt pas mal.

— Je préfère vous regarder jouer.

Comment leur confesser que je serais bien incapable de constituer des mots à partir d'un tirage aléatoire ? Les lettres se mélangent, se confondent. Elles forment un amas brouillon devant mes yeux dont je ne tire que peu de choses.

— Venez plutôt jouer avec nous, nous interrompt Robert, le voisin de table.

Sa moustache tressaute lorsqu'il parle, et révèle une rangée de dents blanches, impeccables. Je tourne ma chaise et me retrouve face à ses deux acolytes : Jacques, recteur à la retraite, et Michel, ancien ouvrier agricole.

— Vous jouez à quoi ?

— Le seul jeu qui vaille : le poker ! m'informe Michel avec un léger cheveu sur la langue.

Sa peau brunie par des années de travaux en extérieur est parsemée de taches plus foncées. Ses yeux d'un bleu délavé en ressortent d'autant plus. Jacques distribue les cartes de ses grands doigts fins. Ces hommes se seraient-ils rencontrés dans leurs vies passées ? J'en doute : ce n'est qu'à la fin que nous nous mélangeons, conscients que certaines choses nous rapprochent désormais bien plus que ce qui nous éloignait hier.

— Vous connaissez les règles ? me demande Robert.

— Un peu.

— Parfait. Ici, on se paie en tournées. Pas d'argent, mais du café, des sucreries. Enfin, vous avez saisi l'idée.

Je m'empare de mon jeu. La sensation des cartes entre mes doigts réveille de vieux souvenirs. Ceux de mes frères m'apprenant à jouer, à compter et parfois même, à tricher. Si je n'ai jamais été douée pour les lettres, je me suis toujours rattrapée sur les chiffres et la logique. Au bout de la troisième partie gagnée, Michel finit par conclure notre après-midi :

— Vous connaissez « un peu » les règles ?

— Quelques notions me sont restées, visiblement.

— C'est ce qu'il semble, complète Robert en triturant sa moustache. Nous vous sommes redevables de quelques cafés ici, Élisabeth ! Vous allez être obligée de revenir !

— Bien sûr qu'elle va revenir !

Miza n'a rien loupé de notre fin de partie. Je crois la voir esquisser un sourire ravi. Je ne sais pas quels sont ses plans, mais il semblerait que j'en fasse partie !

*

La porte en fer de la cour s'ouvre avec lourdeur sur Martin et sa chienne. À peine lui retire-t-il sa laisse, qu'elle vient se jeter à mes pieds. J'écrase ma cigarette et le gratouille derrière les oreilles.

Je dois l'admettre, ce gosse me plaît. Il dégage quelque chose qui me rappelle la petite fille que j'étais longtemps : perdue, terrorisée. Que reste-t-il d'elle aujourd'hui ? Pas grand-chose et tellement à la fois. Surtout quand il s'agit de faire le grand saut ! Je suis retournée au café. La première fois, j'étais pétrifiée : personne ne m'avait invitée. Miza était déjà attablée avec Stella et j'aurais pu jurer qu'elles m'attendaient. Elles n'ont pas eu l'air surpris, alors que j'y mettais les pieds pour la deuxième fois seulement. C'était simple et j'ai savouré chaque instant.

J'ai cessé de compter le nombre de fois où j'y vais désormais : je les y retrouve deux fois par semaine sans louper un seul rendez-vous ! On pourrait croire que chaque après-midi se ressemble mais détrompe-toi ! Les anecdotes s'enchaînent, les petits potins aussi. Nous jouons, rions et enchaînons des cafés à faire pâlir nos cardiologues respectifs. On a uni nos solitudes et ça crée un je-ne-sais-quoi étonnant.

— Je n'ai rien à grignoter pour toi, tu es devenu un chat de luxe, dis-je en calmant les ardeurs de la chienne, prête à grimper sur mes genoux.

— Pardon, madame…

— Élisabeth. Pas de « madame ». Quand on sauve la vie de quelqu'un, on ne lui donne plus du « madame » après. La promenade était agréable ?

— Ça va.

L'adolescent traîne les pieds. Il replace sa mèche rebelle tombée sur son visage d'adulte en devenir.

— Tu as fini les livres ?

— Hum…

— Dis, tu n'es pas loquace, gamin ! Ramène donc ta chienne chez toi et reviens boire un chocolat.

Le demi-sourire qu'il aimerait cacher se laisse deviner et c'est au pas de course qu'il obtempère. Dix minutes plus tard, le voilà revenu, me laissant le temps de lui préparer une collation et de sortir les livres sélectionnés durant la semaine.

— Tiens, regarde, j'ai trouvé ceux-là.

Il lit attentivement le résumé des deux romans que je lui tends, s'attardant sur l'un d'eux. *Le Dernier Jour d'un condamné à mort* de Victor Hugo, très gai.

— Vous l'avez lu ?

— Oh non. Je l'ai écouté quand Gaston me lisait des livres.

— Vous n'êtes pas allée l'école ?

— Peu. Mon père est mort quand j'étais petite, je crois te l'avoir dit. Alors, ma mère a dû nous élever seule. Les aînés ont travaillé jeunes pour rapporter de l'argent et j'ai suivi dès que j'ai pu. J'ai d'abord cousu des boutons de chemise dans l'usine où travaillait ma mère et petit à petit j'ai appris d'autres choses.

— Il est mort de quoi, votre père ? Il vous manque parfois ?

Un ange passe. À son âge, accepte-t-on toutes les vérités ? À quel moment l'adulte enterre-t-il l'enfant innocent qu'il a été ?

— Mon père était un homme abîmé par la vie qui n'a rien trouvé de mieux pour se « soigner » que d'abîmer celle des autres. Il battait ma mère. Tellement souvent, tellement fort que je crois ne l'avoir jamais vue les bras nus avant la mort de son mari. Il a battu mes aînés puis ça a été mon tour. Cependant, mes frères étaient grands. De beaux jeunes hommes de ton âge à peu près. Un soir où notre père était ivre, un soir comme les autres donc, j'ai renversé par mégarde ma compote. Je me souviens de la couleur du bol. Il était verdâtre avec des pois bleus. Il s'est levé du canapé d'où il fumait une cigarette, s'est approché de ma mère et moi. Elle l'a supplié. Du haut de mes sept ans, j'ai eu honte d'elle. C'est terrible, n'est-ce pas ? Je voulais lui montrer que moi, je n'avais pas peur, alors je l'ai poussé, de toutes mes forces. Comme si ça allait changer quelque chose. Il m'a regardée en riant et a écrasé sa cigarette sur le dos de ma main avant de me donner un coup de poing qui m'a ouvert l'arcade. Mes frères ont été alertés par le bruit. Ils l'ont mis dehors en lui disant d'aller décuver. Il savait qu'il ne ferait pas le poids face à eux deux dans son état. Ils le paieraient plus tard, comme souvent. Il a été percuté par une voiture alors qu'il titubait sur le chemin du retour. Il a mis une semaine à mourir. Une semaine pendant laquelle je pleurais la perte de mon père et priais Dieu pour qu'il prenne notre bourreau. La vie a été compliquée par la suite. Nous n'avions pas d'argent, rien, seulement nous. Mais cette semaine-là, j'ai cessé d'avoir peur.

— Parce qu'il était mort?

— Non, parce que j'avais décidé que, plus jamais, il n'aurait d'emprise sur moi. Il pourrait bien me battre encore et encore, il n'aurait jamais accès ici, dis-je un doigt sur ma tempe. Et je pense que ce jour-là, il l'a compris aussi. Ce n'est pas tant que je me rebelle qui l'a agacé, mon geste était d'ailleurs ridicule, je n'aurais jamais eu le dessus sur lui, c'est de savoir que jamais il ne me dominerait à cet endroit-là, mon esprit. Je n'étais pas une gosse intelligente, ni même très jolie, mais du haut de mes sept ans, je lui refusais ce dont tout pervers de son genre se nourrit: ma liberté. Et tu sais quoi? Je n'ai jamais pu manger de compote depuis!

Martin sourit avant de se frotter les avant-bras, les yeux baissés. Il essuie une larme discrète. Mon regard ne quitte pas son menton tremblant.

— C'est à la maison qu'on te fait ces bleus? le questionné-je en désignant ses bras couverts malgré les chaleurs récentes de ce début de printemps.

— Quoi? Non! Maman ne sait même pas ce qui se passe.

— À l'école, alors?

Il ne dit rien. C'est donc là-bas. Après un silence de plomb, il me surprend:

— Je n'arrive pas à m'intégrer. J'ai quelques amis, mais à chaque intercours, les mêmes personnes nous prennent à partie. Je n'ai plus que quelques semaines à tenir avant le bac.

— M'aurais-tu dit que les coups de mon père étaient ma faute ?

— Bien sûr que non !

— Crois-tu alors que tu reçois des coups parce que tu le cherches ou parce que tu as affaire à des petits cons mal dans leur peau ? Crois-moi, ils doivent être bien malheureux dans leurs vies.

— Des… quoi ?

Martin sourit, révélant ses dents blanches et ses fossettes.

— On est d'accord, lui dis-je. Tu devrais en parler à ta mère.

— Elle n'a pas le temps pour tout ça.

— Oh ! Crois-moi, elle le prendra. Elle culpabilisera beaucoup de ne pas l'avoir vu et elle remuera ciel et terre pour t'aider.

Martin me dévisage un instant. Il croit que je me trompe, j'en suis certaine. Si seulement il savait que les mères seraient prêtes à mourir et à tuer pour leurs petits. J'ai vu la sienne, son regard affectueux posé sur son rejeton dès qu'il lui sourit, le matin alors qu'ils traversent en trombe la cour de l'immeuble.

Tu te souviens, Gaston, lorsque Freddy avait été harcelé par une bande de gamins de l'école du village voisin ? Ils se donnaient rendez-vous chaque après-midi pour venir terroriser Freddy et ses copains. Un soir, notre petit est revenu avec un coquard autour de l'œil. Il n'a rien voulu nous dire, mais Marc a cafté. J'étais prête à attendre ces petits imbéciles, un bâton à la main, dès le lendemain pour leur faire passer l'envie de recommencer. Tu as ri devant ma colère si grande alors même que la tienne couvait telle une chienne prête à mordre. Tu m'as dit que tu t'en occupais.

Le samedi matin, tu as passé des coups de téléphone. Tu connaissais les parents de ces morveux, certains travaillaient à l'usine avec toi. Je ne sais plus trop ce que tu leur as dit, toujours est-il qu'ils ne sont plus jamais venus embêter les gosses du village.

Tu étais le héros des jumeaux ce jour-là. J'aurais eu l'air fin avec mon bâton… J'ai eu honte de cette réaction instinctive.

Alors que les petits étaient déjà au lit, on a reparlé de ton intervention et de mes plans sur la comète. Tu ne m'as pas trouvée ridicule, au contraire. Je m'en souviens comme si c'était hier. Tu m'as dit: «Les enfants ont de la chance d'avoir une mère prête à tout pour eux. Eux ne le sauront jamais, mais, moi, je le sais. Tu es une bonne mère, Lise.»

En entendant cela, mon cœur s'est serré. Je ne sais pas si j'ai été une bonne mère. Intransigeante, susceptible, lunatique, c'est certain. C'est quoi, d'ailleurs, une «bonne mère»? Une sainte qui dit amen à tout, prépare des cookies pour les sorties scolaires, le tailleur impeccable et le brushing parfait? Celle qui se lève à 5 heures du matin pour enchaîner les petits boulots afin de maintenir un toit sur la tête de ses gosses, sans pouvoir les voir grandir? Celle qui reste alors que tout la pousse à partir?

Est-ce que nos mères étaient parfaites, Gaston? Tant s'en faut. Mais elles ont fait de leur mieux dans une vie qui ne voulait pas d'elles; qui les reléguait au rang d'individus de seconde zone.

— À quoi vous pensez, Élisabeth?

Sa tasse vide, Martin me dévisage. Il tient le livre emprunté entre ses doigts fins, dont les ongles sont rongés jusqu'au sang.

— À ma vie. À ma mère. Je me demande parfois ce qu'aurait été sa vie et la mienne si mon père avait été différent.

— Je me demande aussi souvent ce que ça changerait si j'avais un père.

— Ça pourrait être mieux, ou ça pourrait être pire. Quoi qu'il en soit, tu as la chance d'avoir une mère. Partage le fardeau que tu portes, tu verras, ce sera moins lourd après.

Lorsqu'il lève sa fine carcasse du siège où il était assis, j'ai espoir que ça s'arrange pour lui un jour. Une telle gentillesse ne peut être brisée toute une vie, ce n'est pas possible. Je ne le permettrai pas. Tu verras Gaston, de tes petits cailloux, je ferai des ricochets.

*

— J'aimerais agrandir la famille!

La tablée me dévisage. Ce dimanche midi, j'ai tenu à inviter tout le monde: d'Anne-Marie à Freddy en passant par Cathy, Marc et les enfants. Poulet rôti, pommes de terre, riz au lait.

— Ne me dis pas que tu vas adopter un autre chat, commence Freddy en repoussant Léo du bout de sa chaussure parfaitement cirée.

Je ne peux m'empêcher de lever les yeux au ciel. Il est le seul à être persuadé que personne ne l'a vu gratouiller discrètement les oreilles du chat une heure plus tôt. La pomme n'est pas tombée loin de l'arbre, mon Gaston.

— Non, pas d'autre chat errant à l'horizon. J'aimerais convier le petit voisin, Martin, et sa mère, Silvia, au prochain repas de famille.

— C'est qui, Martin? me questionne Margaux.

— Un voisin. Il est gentil et ils n'ont pas de famille par ici. Je me disais que ce serait bien, et gentil, de les inviter de temps en temps. Une autre version du chat errant, en plus bavard et plus attachant, sans te vexer Léo, complété-je à l'attention du félin qui attend impatiemment les restes à mes pieds.

— Voyez-vous ça! s'amuse Marc.

— Qu'avez-vous fait de notre mère? rit Freddy.

— C'est une bonne idée, valide Anne-Marie, soutenue par Cathy d'un hochement de tête.

— Et si on ne l'aime pas? nous interroge Margaux, revêche.

— Je suis sûre que vous allez l'adorer.

La petite n'a pas l'air convaincue, mais je sais qu'à peine arrivé, Martin saura les persuader qu'il a toujours fait partie des nôtres. C'est juste qu'il a pris plus de temps pour nous trouver. Il y a des gens que vous croisez à peine et qui, pourtant, vous donnent l'impression d'avoir toujours fait partie de votre vie. Je crois que c'est ce que tu as ressenti en le voyant. Il y a la famille, celle qu'on aime et dont on tolère les excès plus que de n'importe qui, parfois à tort; et puis il y a ceux qui débarquent sur votre chemin sans prévenir, vous donnant l'impression de vous avoir toujours tenu la main.

Ironie du sort que de les rencontrer lorsque, au bout du chemin, on voit déjà le précipice. Je ne crois pas aux hasards. Aux rencontres, oui, aux moments qui devaient être, à un instant particulier, certainement. Ma vie est jonchée de rendez-vous, parfois fabuleux, souvent manqués. Mais je crois que je tiens là une seconde chance. Le Petit Poucet rassemble ses cailloux, mon Gaston.

Tout le monde part à la fin du repas. Excepté Marc. Cathy a les enfants ce soir, son compagnon est en séminaire à l'autre bout de la France. Deux heures plus tôt, il s'invitait, l'air de rien, cherchant un endroit où passer la soirée, profitant par là même pour débriefer le repas de famille. Il est de ceux qui n'aiment pas la solitude, il cherche la compagnie des autres, peut-être pour ne pas voir que sa propre personne l'effraie parfois.

Adolescent, je voyais bien qu'il n'était pas tout à fait comme les garçons de son âge. Enfin, il rentrait dans les cases du « parfait garçon », comme les catalogues de l'époque dépeignaient son genre : fan de voitures, pas précieux pour deux sous, attirant les filles comme le miel les abeilles.

Pourtant, j'ai toujours vu qu'il n'en était pas heureux. Il conduisait sa vie en pilote automatique, flirtant avec les plus jolies adolescentes, que ses amis enviaient, se battant à la moindre occasion, cherchant un je-ne-sais-quoi de « virilité » comme ils disent. Je voyais bien pourtant qu'il préférait passer ses après-midi à parler de musique avec Jean, son ami le plus proche dont il évitait le regard et cherchait la compagnie.

J'ai essayé, quelques fois, de lui tendre la perche, d'ouvrir une porte qu'il n'aurait pas besoin d'enfoncer, lui faisant comprendre que, qui qu'il soit, nous l'aimions, sans condition.

C'est à notre grande surprise – tu te souviens, Gaston ? – qu'il nous présenta Cathy, nous disant qu'il s'agissait de « la bonne ». Plus tard, ils se sont mariés et les jumeaux sont arrivés aussi naturellement. Je crois sincèrement qu'il y a eu de l'amour entre eux. Leur mariage n'était pas une illusion. Pourtant, quand Marc nous a annoncé leur séparation et fait son coming-out, je n'en étais pas étonnée.

Tu te rappelles Gaston, son air gêné ? Je me souviens que tu as souri puis attrapé le porto dans le meuble de la salle à manger. Tu nous as servi un verre et tu as dit : « Au bonheur de te savoir libéré. » Cette simple phrase a eu l'effet d'une claque pour notre fils. Il a éclaté en sanglots. Et c'est naturellement que nous l'avons pris dans nos bras. C'est la seule fois où sa sexualité a été évoquée, si on omet son annonce au reste de la famille et la discussion animée avec Anne-Marie. Il faut dire, qu'en tant que mère, j'ai peu envie de savoir avec qui mon fils passe ses nuits ! Je ne voulais rien savoir quand il était avec Cathy et que nous montions le son de la télé, je ne souhaitais pas en apprendre davantage avec ses nouvelles amours. Il reste mon enfant, du haut de sa quarantaine et de sa paternité.

— À quoi tu penses ?

— À ton adolescence.

— Vaste sujet !

Il rit en buvant une gorgée de bière, certaines choses ne changent pas.

— Tu n'étais pas heureux, n'est-ce pas ?

Marc pose son verre avec délicatesse, puis met ses mains derrière sa tête, semblant chercher au plus profond de lui-même la réponse à cette question.

— Je n'étais pas malheureux. Sûrement fatigué.

— De ?

— De faire semblant… Le pire étant de me mentir à moi-même. Je suis persuadé que papa et toi vous doutiez de quelque chose avant même que je n'aie eu conscience de la personne que j'étais, « pour de vrai ». Avec du recul, je me demande de quoi j'avais peur.

— Du regard des autres ?

— Sûrement. Tu as eu peur, toi, quand je vous l'ai dit ?

— Il m'en faut plus pour me faire peur que de savoir avec qui tu couches ! ne puis-je m'empêcher de répondre dans un rire. Quoique je préfère ne pas imaginer ça, si tu me le permets.

— Ah, maman, je… non, vraiment, on arrête là cette conversation !

— La seule chose qui m'a effrayée, c'est ce que tu risquais en assumant ouvertement ton homosexualité. On n'est jamais à l'abri d'un con qui voudrait te casser la figure au nom de Dieu sait quel principe… Mon cœur de mère peut tout voir, tout entendre, mais qu'on puisse vous faire du mal, ça, non. Mais ce n'est pas lié à ton coming-out, c'est lié à votre naissance même. Dès vos premiers cris, j'ai su que ma vie ne serait plus jamais la même. Que j'aurai peur, tout le temps, que j'aurai mal à vos moindres bobos, que je pleurerai à vos peines de cœur ! Tu sais ce que c'est depuis quelque temps, toi aussi.

Mon fils me dévisage, les larmes au bord des yeux. J'ai assez parlé, dirait-on. Ou peut-être me suis-je tue pendant bien trop longtemps.

Lorsque nous entamons la seconde bouteille, je me doute que Marc va investir le canapé pour la nuit. Je ne me rappelle pas la dernière fois que j'ai bu autant. Ah si ! Noël 1999, le fameux « dernier Noël avant la fin du monde », que tu disais, mon Gaston. On s'est tellement sifflé de vin que j'ai cru avoir chopé une méningite le lendemain matin. J'ai juré de ne plus jamais boire. Il y a bien eu quelques autres gueules de bois, mais jamais à ce point.

— J'adore mes enfants, hein, mais parfois je partirais en courant, je te jure, maman, commence-t-il à bafouiller.

J'avais oublié à quel point il ne tenait pas l'alcool lui non plus.

— Tu n'as rien inventé, mon grand.

— Toi aussi, tu voulais nous larguer juste pour vingt-quatre heures ? Envie de nous accrocher au portemanteau quand on faisait des crises ?

— Oui. C'est à ça que servent les grands-parents, je crois : éviter les infanticides.

— Tu es horrible, je n'en suis pas là.

— Je sais bien, oui. C'est normal de craquer par moment, les enfants sont les seuls êtres au monde pour qui tu tolères et supportes autant.

— Hum... encore que maintenant, avec la garde alternée, je passe une semaine à me languir d'eux et l'autre à me demander quand je vais pouvoir boire mon café sans un cri, une dispute ou quelque chose qui se casse.

Assis côte à côte sur le canapé, je vois mon fils s'avachir progressivement pour poser sa tête sur mes genoux. Ses jambes immenses repliées sur elles-mêmes pour ne pas sortir du canapé, il bafouille des mots inintelligibles avant de commencer à s'endormir.

— Je rêve... Marc... Marc ! Avec ta grosse tête d'arsouille, tu me coinces sur le canapé. Ce n'est pas Dieu possible !

Aussi délicatement que mes mains pleines d'arthrose me le permettent, je lui empoigne les cheveux et le dessous de la tête pour me dégager. J'attrape le plaid écossais resté sur le fauteuil et le recouvre doucement. Je ne sais pas pourquoi je fais attention à être délicate, un éléphant pourrait traverser la pièce sans le réveiller. Léo vient se lover contre lui, cherchant un peu de chaleur.

Je profite de ce moment suspendu pour poser un baiser léger sur son front. Que ne donnerais-je pas pour remonter le temps, histoire d'une heure à peine ? Serrer mes enfants dans mes bras, avant que l'adolescence, puis la gêne ne viennent se mêler de notre amour, sans tracas. Les regarder grandir, encore et encore à tes côtés, mon Gaston. Être fière des hommes incroyables qu'ils deviennent et te dire qu'on a fait du bon boulot. J'en ai raté des choses dans ma vie, mais eux sont clairement la plus belle de mes réussites. Souvenirs d'un temps révolu, vécu inconsciemment, passé trop vite.

À 6h30, Léo a décrété que la grasse matinée, c'était surfait. Il vient donc gratter à la porte de ma chambre tandis que j'enfile péniblement ma robe de chambre lavande. « Tu ne boiras point », ce n'est pas dans la Bible, Gaston ? Si ce n'est pas le cas, ça devrait y être !

Mes pantoufles enfilées, j'ouvre la fenêtre de la cuisine pour laisser échapper le fauve.

— Tuer le chat... !

Le râle provenant du salon me fait sursauter ! J'en avais oublié Marc. J'allume le couloir pour ne pas l'éblouir et je me penche au-dessus de l'accoudoir :

— Qu'est-ce que tu dis ?

— Je vais tuer ton satané chat !

— Laisse cette pauvre bête, que t'a fait mon vieux Léo ?

— Il a dormi sur ma tête, puis a estimé qu'une « nuit » de quatre heures était suffisante. Tu ne l'entendais pas ou quoi ?

— Tu as perdu tes jambes dans l'alcool ou tu ne sais plus comment ouvrir la fenêtre ?

— Touché...

Mon fils s'assoit péniblement en étouffant un grognement. Il étire son mètre j'ai-arrêté-de-compter, et se lève pour aller faire couler du café. Assise dans le fauteuil du salon, je suis prise d'une nostalgie soudaine, teintée d'une tristesse que je souhaiterais faire taire. Le bruit de la cafetière, l'odeur de la boisson qui embaume l'appartement. Tout me rappelle toi. C'est fou ce que la vie se cache dans les détails. Je ne pourrai plus boire de café sans penser à toi ? C'est ça quand on est celui qui reste ?

Marc pose une tasse fumante devant moi et boit son bol en silence. J'ai toujours détesté boire dans un bol. Le bol, c'est pour les céréales. La tasse, pour le reste. Tout ce qui ne se mange pas, en somme. Freddy est de cette équipe-là, tandis que Marc a choisi de ne jamais grandir, visiblement. Tu te rappelles, Gaston, le cinéma qu'il nous faisait quand on lui servait le petit déjeuner, le week-end ? Il faisait moins le malin, les matins où Cathy restait dormir. Bizarrement, tasse, bol ou verre à eau, il n'avait d'yeux que pour elle. Je me souviens, tu faisais exprès de le servir dans les contenants plus bizarres les uns que les autres. Tu avais même poussé le vice à le servir dans un vieux verre à vin. Cathy n'y comprenait rien, elle nous prenait à coup sûr pour des excentriques. C'était ce qu'on était. De vieux fous qui s'amusaient avec un verre et du café.

— Il n'est pas bon ? Je n'ai plus l'habitude de le faire comme ça, j'ai une machine instantanée.

— Tsss.

Il lève les yeux au ciel en reposant son bol :

— Quoi ?

— Tout doit être rapide. Je trouve ça moche. Et triste.

— Pourquoi donc, si ça te fait gagner du temps ?

— Parce que ! L'odeur qui emplit l'appartement, le bruit qui annonce que la journée commence. C'est comme celle des tartines dans le grille-pain ! Maintenant, tu vas me dire que vous avez inventé des petits pains déjà beurrés, sous vide, prêts à l'emploi. Quoi ? Ne me dis pas que ça existe…

— Non ! J'ai oublié le pain !

Marc se lève en courant et revient, deux minutes plus tard, des tartines carbonisées sur une petite assiette dans sa main droite. Noires comme du charbon, répandant une odeur de brûlé. Dans sa main gauche, un paquet de petits-beurre, que je réserve d'ordinaire pour les enfants.

— Instantanés et pas brûlés, lance-t-il en riant et en me tendant un gâteau avant de tremper le sien dans son bol tiède.

On dirait que la modernité vient de sauver le petit déjeuner.

*

— Et il vous a dit quoi ? m'interroge Miza, curieuse.

— Des idiots de son école.

Le mardi suivant, j'ai rejoint mes voisines au café et je leur raconte ma dernière rencontre avec le gosse. Ce n'est pas la première fois que je leur parle de Martin, sa maturité et son amour pour la littérature ; mais le fait que je partage mes inquiétudes à son sujet les tient en alerte.

Je ne sais pas si c'est bien, mais tu n'es plus là pour m'empêcher de débarquer dans son lycée avec un balai, alors… Je n'avais pas envie d'être seule dans ma rage et ma colère, ce dont je suis la première étonnée. Qui aurait pu croire que je traverserais la rue pour me rendre au café, de mon plein gré, afin d'extérioriser mes sentiments auprès de personnes qui m'étaient inconnues quelques semaines plus tôt? Pas moi!

— Si on s'en prenait à mes petits..., commence Stella sans toutefois terminer sa phrase. Étions-nous si terribles à leur âge?

— Sûrement, confirme Miza. Je crois que c'est pire quand ça touche quelqu'un auquel on tient.

Nous buvons notre café simultanément. Les joueurs de poker m'ont proposé de me joindre à eux, avec méfiance, cette fois-ci. J'ai décidé de leur laisser un peu de répit, ce qui ne semblait pas les déranger.

— On fait quoi, alors? On ne peut pas le laisser se faire emmerder sans rien faire! C'est le petit de l'immeuble après tout. Et si vous l'aimez bien, alors nous aussi!

Miza est remontée comme une pendule. La veine sur son front est particulièrement saillante. Finies les blagues et les taquineries. Il est vrai que sur les quelques appartements de notre bâtiment, il est le seul à être plus proche du berceau que de l'Ehpad!

— On ne peut pas débarquer comme ça, on nous prendrait pour des folles, tempéré-je, me surprenant moi-même.

— À notre âge, qui s'en soucie? répond Stella en se levant. Venez, on y va!

— Où ça?

— Enfin, Élisabeth: au lycée! On verra bien qui sont ces petits cons!

Miza ne pose pas plus de questions et la suit sous mon regard médusé. Alors ça, je ne l'aurais pas parié!

Notre club de veuves prend la direction du lycée du gosse.

Au bout d'une dizaine de minutes de marche, nous apercevons enfin les bâtiments blancs à étages, entourés de pins, dispersés çà et là dans le sable.

À peine sommes-nous à proximité des grilles que je repère Martin au loin. Il doit être entre deux cours. Sa silhouette longiligne, gênée d'être là, se distingue du groupe d'adolescents qui le bouscule. Mon cœur se serre.

— C'est lui, ton Martin ? me questionne Stella.

— Oui, qu'est-ce que vous faites ?

Elle s'empare de son téléphone et cherche un numéro, ses lunettes vissées sur le nez.

— J'appelle Jacques. Il a encore le bras long, le recteur d'académie.

Lorsqu'elle raccroche, nous passons les grilles et nous dirigeons à l'intérieur avec une facilité déconcertante. Qui se soucierait de trois vieilles dames ?

La cloche sonne, indiquant la reprise des cours. Lorsqu'elles arrivent à l'accueil, Stella interpelle la secrétaire, une jeune femme toute en blondeur et manucure impeccable.

— Nous souhaiterions voir le directeur.

— Vous avez rendez-vous ?

— Non. Mais il sera heureux de voir ses tantes, croyez-moi.

— Je vais l'appeler.

— Ne vous embêtez pas, et je peux difficilement rester debout à cause de mon genou. On va l'attendre directement devant son bureau.

— Bien, je vous laisse alors patienter, troisième porte à gauche. Suivez le couloir.

Stella la remercie et nous longeons le mur kaki. Si cette couleur est à la mode, je suis sacrément démodée. Parvenues à l'endroit indiqué, nous nous asseyons en rang sur des chaises disposées à l'entrée de l'office.

— Ses tantes ? s'amuse Miza.

— Qui en douterait ? Les vieux ne mentent pas, non ?

— Décidément, cette journée est tout à fait excitante ! s'exclame ma voisine.

Je n'en dirais pas autant. Je me demande bien ce que je fiche ici ! Un quadra sort au bout de quelques minutes. Stella se lève instantanément, le saluant poliment avant de l'entraîner de nouveau à l'intérieur.

— Je peux savoir qui vous êtes ?

— Officiellement, vos tantes, s'amuse-t-elle. Officieusement, personne. Seulement de vieilles folles qui se sont éprises d'un gosse maltraité au sein de votre établissement.

— Je... quoi ? C'est quoi, cette histoire ? Comment êtes-vous arrivées là ?

— Peu importe, continué-je, galvanisée par le courage de mes deux comparses. Il s'appelle Martin, il est en terminale. Il se fait battre et insulter tous les jours. Il faut faire quelque chose.

À peine ai-je terminé ma phrase que son téléphone sonne. Estomaqué, il nous dévisage, ne sachant quoi penser de cette situation plus que cocasse.

— Vous devriez répondre, l'invite Stella.

Intrigué, il décroche le combiné avant de le porter à son oreille avec lenteur.

— Allô ? Hum... Oui, madame. Non, je... Nous n'étions pas au... bien sûr. Oui, considérez que le nécessaire sera fait, dit-il simplement en raccrochant.

— C'est gentil à vous, répond Stella sans lui laisser le temps d'en placer une. Si le gamin est de nouveau embêté, vous aurez encore une visite de vos vieilles tantes.

Beau portrait de famille que voilà ! Nous quittons son bureau au pas de course, le laissant assis sur sa chaise, pantois, et attendons d'être dehors pour éclater de rire.

À bout de souffle, j'interroge Stella :

— C'était quoi, ça ? On se serait crues dans un film !

— Je l'ai dit : Jacques a le bras long, et il m'en devait une. Ça vaut le coup de parier au poker de temps en temps. Il a dû appeler l'amie d'un ami, enfin peu importe. Le coup de fil est tombé pile au bon moment. J'avais l'impression d'être Al Capone. J'aurais dû ajouter quelques mots en italien !

— Non, non, c'était parfait, s'exclame Miza. Oh purée, quelle journée ! Repartons au bar boire un verre, du vin cette fois ! Ou du champagne ! Vous croyez que René a des bouteilles en réserve ?

— C'est certain ! s'amuse Stella, fière de son coup.

Les adultes n'avaient pas su le protéger. Les vieilles du café d'en face ont osé le faire. Ce soir-là, dans mon lit, je repense aux bulles qui m'ont chatouillé le nez, à la tête du directeur qui n'aurait jamais imaginé une scène pareille au cours de sa carrière, au fou rire que je pensais désormais impossible, à Martin surtout et aux bleus que j'espère ne plus jamais voir sur ses bras et à toi, mon Gaston.

Pour avoir semé des cailloux sur mon chemin sinueux.

Le club des trois

— Maman, tu es là ?

Par la fenêtre de la cuisine, je devine la silhouette élancée de mon fils dont le t-shirt, vêtement qu'il porte aussi rarement qu'Anne-Marie sort négligée, c'est-à-dire jamais, fait ressortir les muscles de ses bras. Le soleil de printemps lui va bien. Ses coups portés au carreau se font insistants.

— Oui, oui, j'arrive ! Ne bouge pas, j'allais m'allumer une cigarette.

Le temps est plutôt doux, c'est agréable quand la pluie cesse pour offrir quelques rayons de soleil qui réchauffent le cœur et l'esprit. J'aime aussi que le paysage ait changé, qu'il se colore, s'égaie.

— Donc tu t'es vraiment mise à fumer. C'est définitif.

— Il n'y a que la mort qui soit définitive !

— Maman… Passons. Tu m'as fait peur : j'ai sonné au moins trois fois à la porte d'entrée.

— La sonnette est cassée.

Il lève les yeux au ciel, tic que, visiblement, je lui ai transmis. Alors qu'il s'apprête à poursuivre, nous sommes interrompus par des bruits de talons. Leur rapidité indique que leur propriétaire est certainement pressé, j'en déduis donc qu'il s'agit de la mère de Martin. La porte d'entrée de l'immeuble s'ouvre sur cette femme, élégante, comme toujours.

— Bonjour. Madame Martineau, je peux vous parler? nous interrompt-elle, peu sûre d'elle, ce qui ne lui ressemble pas.

Je hoche la tête, ne sachant que répondre et l'invite à poursuivre. Elle cherche ses mots, mal à l'aise. Alors que je ne m'y attends pas le moins du monde, elle s'approche de moi et me prend dans ses bras, me murmurant simplement un «merci» au coin de l'oreille.

Les larmes aux yeux, elle sourit à Freddy, qui ne comprend rien à la situation, puis repart aussi rapidement qu'elle était arrivée. Lorsqu'elle disparaît de notre champ de vision, mon fils m'interroge:

— Tu m'expliques?

— C'est une longue histoire.

— ... et j'ai tout mon temps!

Un café dans la main, une cigarette dans l'autre, nous nous asseyons devant la table en fer forgé et je raconte à Freddy ma rencontre avec Martin, ses confidences et ses tracas. Je lui tais les détails personnels, livrés par le jeune homme, me contentant des grandes lignes.

— Donc papa le connaissait?

— Il lui donnait des livres et je continue.

— Je n'étais pas au courant.

— Pas plus que moi ! Je crois que ton père l'a mis exprès sur ma route.

— Parce que c'est un gosse solitaire et têtu ? s'amuse Freddy.

Mes enfants ne connaissent pas mon histoire. Ils ne savent rien des coups et des humiliations. Il y a des secrets que l'on voudrait garder pour soi, taire à jamais. Car laissés dans le silence, sans doute arrive-t-on à croire qu'ils ont cessé d'exister. Mais ils sont là pourtant. Ils ne nous quittent pas. Ils dorment tapis dans l'ombre des souvenirs et resurgissent quand on s'y attend le moins. Dans une bagarre à l'école de nos enfants, dans un gamin maladroit que la vie place sur notre route. Je crois qu'il est temps de dire ce qui a trop longtemps été tu, tu ne crois pas, Gaston ?

— Je sais ce que ça fait que de se faire battre par une brute.

Mon fils me dévisage, soudain muet. Je le connais suffisamment pour savoir qu'il cherche le bon mot, celui qui me fera continuer et non rebrousser chemin. Alors, lui épargnant la peine de se torturer les méninges, je poursuis :

— Mon père était un ivrogne qui frappait ma mère et ses enfants. Quand, enfants, vous m'avez demandé où était mon père, je vous ai répondu qu'il était décédé dans un accident. C'est la vérité. Enfin, une part de la vérité, car derrière se cache une histoire bien triste.

Je lui raconte alors mon enfance. Quand est-il devenu si grand sans que je m'en aperçoive ? Il m'écoute religieusement, déglutissant parfois avec peine. Je lui raconte les joies immenses et les peines qui me paraissaient insurmontables. Je livre à mon enfant une part de moi qu'il ne pouvait deviner, emmitouflé dans le manteau d'innocence que j'ai essayé de préserver le plus longtemps possible.

— Pourquoi tu ne nous l'as jamais dit? conclut-il lorsque je me tais enfin.

— À quoi bon? Quand on remue un passé boueux... eh bien ça sent la merde!

— Maman. Marc est au courant?

— Non. Je lui dirai un jour, peut-être. Certainement, même. Mais pas maintenant, il n'est pas prêt à entendre ça.

Freddy hausse un sourcil, sceptique. Il pense que j'ai tort, mais je sais qu'il ne dira rien. Bien sûr que Marc est prêt. Il l'a toujours été. Je ne suis seulement pas capable d'admettre qu'il m'est difficile de me mettre à nu devant eux. Marc dans l'ignorance, j'ai le sentiment de contrôler encore un peu ce que je montre de moi. Le projecteur en main, je suis en mesure d'aveugler le public pour qu'il ne voie pas le derrière de la scène. Le bordel et ce que l'on préfère taire pour que les spectateurs repartent des étoiles dans les yeux.

— Donc, ce Martin, c'est ton cheval de bataille...

— On peut le dire. Il est gentil. Ça me donne envie de l'aider.

— Ce sourire en coin, qu'est-ce que tu as fait?

Je lui raconte ma rencontre avec les retraités du bar, le poker, la voisine italienne au tempérament bien trempé. Notre virée au lycée le fait rire, il n'imaginait pas ça de moi. D'ailleurs, aurais-je eu le cran de le faire si je n'avais pas été accompagnée? Je ne crois pas.

— Je ne t'aurais jamais imaginée dans un club de seniors.

— C'est plus une rencontre dans un café, ça me plaît bien, finalement. Il y a davantage de monde à embêter qu'en restant ici.

— Et il semblerait qu'Anne-Marie ne soit plus ton bouc émissaire.

— Ah ! Elle est moins fatigante que je ne l'aurais cru. Mais si je lui manque, je peux passer mes nerfs sur elle quand elle le souhaite !

Il sourit, amusé par ma fausse méchanceté.

— J'ai de la chance de l'avoir. Elle a un sacré caractère, on est d'accord sur beaucoup de choses, mais vraiment pas sur tout. Elle me pousse dans mes retranchements parfois et en même temps me tire vers le haut, au-delà de ce que je me croyais capable de faire.

Je pose ma main sur la sienne. Mon alliance ressort sur mes doigts un peu boudinés. Un vieil anneau d'or sur ma peau laiteuse. On n'avait pas un sou et nous avons acheté ce que nos maigres économies nous permettaient. Mais, je m'en fichais. Je t'avais, toi, et tu valais toutes les breloques du monde. Je revivrais tout, si on m'assurait d'une vie à tes côtés. Même les plus durs moments. Tout en valait la peine, mon Gaston.

*

J'aimerais être comme ces fleurs qui se réveillent au printemps après des mois à se protéger du froid. Mon cœur, lui aussi, souhaiterait sortir de cette hibernation et retrouver la paix, la quiétude des beaux jours revenus. Mes fils vaquent à leurs occupations, ils « font leur deuil » comme ils disent à la télé. C'est quoi faire le deuil d'une personne qu'on a aimée, Gaston ? Se dire que c'est comme ça, qu'on ne peut rien y changer ? Survivre malgré tout, se créer une nouvelle réalité amputée de la personne que l'on aimait le plus au monde ?

Alors que je m'apprête à rejoindre le bar du bourg, je croise Martin qui revient de sa promenade avec sa chienne. Il n'a plus le regard perdu de l'animal de compagnie abandonné avant les vacances estivales. Ça me fait penser qu'il faudrait que j'appelle mes fils pour prendre des nouvelles. Pourquoi attendre qu'ils le fassent quand je sais encore me servir de mes dix doigts, après tout ?

Martin me sourit, révélant ses dents blanches et ses yeux espiègles.

— Comment vas-tu ?

— Bien. Mieux. J'ai parlé à ma mère, vous aviez raison. Les choses ont changé, il semblerait.

— J'en suis bien contente !

Tandis qu'il s'apprête à partir, mes voisines descendent à leur tour. Miza est rayonnante dans une robe verte, des perles blanches autour du cou. Elle nous apostrophe :

— Tiens, c'est toi, Martin !

— Je… Oui… comment vous… ?

— Peu importe, le coupe Stella bienveillante. Remonte donc ton chien et viens avec nous !

Le jeune garçon me lance un regard perdu, entre l'appel à l'aide et la curiosité. Je hausse les épaules et l'invite à s'exécuter. À peine cinq minutes plus tard, il marche avec nous pour rejoindre le bar, un livre sous le bras.

Arrivés à l'intérieur, les habitués sont étonnés d'y voir entrer un si jeune homme. Miza se charge des présentations. Il est accueilli comme un petit prince ; je dois bien l'avouer, ça me fait chaud au cœur. Martin se sent de plus en plus à l'aise. Ses traits se détendent lorsqu'il s'installe sur une chaise avec nous. René lui amène son café au lait accompagné d'une charlotte poire chocolat.

— Bon alors, Martin, raconte-nous. Élisabeth nous a dit que tu passais ton bac cette année ? C'est pour bientôt !

Il hoche la tête, peinant à déglutir l'énorme bouchée qu'il vient d'ingurgiter.

— L'année prochaine, je commence une formation pour devenir comptable ; et un jour peut-être expert-comptable, même.

— Dis donc ! C'est un sacré programme, ça ! s'enthousiasme Miza. C'est bien d'avoir de jolis projets. Qu'est-ce que tu as ramené, là ? poursuit-elle en désignant le livre qu'il a posé sur la chaise à côté de lui.

— Un roman que m'a prêté Élisabeth. J'aime bien lire, ça me change les idées.

— Tu nous en lirais un passage ? demande Stella avec douceur.

Une gêne s'installe sur son visage, le forçant à lutter pour déglutir. Il cherche mon regard, comme un appel à l'aide. Je lui souris, certaine qu'il est capable de prendre la parole devant notre belle brochette.

Lorsque Martin ouvre le roman, un silence léger et respectueux se fait dans le bar où restent encore quelques habitués. Tous le regardent, attendant ses mots avec pudeur. J'ai toujours trouvé très intime d'écouter quelqu'un lire. Comme si la relation aux mots était quelque chose de pudique, de précieux ; qu'on ne saurait partager qu'avec ceux qui nous sont proches. Peut-être parce que tu étais le seul que j'écoutais, Gaston.

— « Je n'aime pas qui je suis. Je n'aime pas ce qu'il faudrait que je sois, je n'aime pas me réjouir de cette vie-là, que je n'ai pas su retenir [...]. Tu comprends, Gilles, je ne veux pas être le témoin de la fin des temps que j'ai tant aimés, même s'ils étaient difficiles et parfois injustes[1]... », commence-t-il d'une voix claire.

Mon cœur se serre immédiatement. Je n'ai pas entendu les mots des autres depuis ton départ, Gaston. C'est une porte que j'ai fermée avec toi et dont je chéris le souvenir avec beaucoup de mélancolie.

Martin est plongé dans sa lecture, haussant la voix lorsque cela semble nécessaire, la faisant murmure à d'autres instants, au fil des émotions. Je sens une larme indiscrète le long de ma joue ridée. Elle glisse, sinueuse, sur ma peau marquée par le temps passé. Je l'essuie discrètement pour mieux écouter cette voix si fière, venue d'une partie de ce jeune homme dont je ne connaissais pas l'existence. Je m'interroge soudain sur les temps à venir. Fera-t-il encore partie de ma vie dans quelques mois, quelques années ? Se sentira-t-il seul de nouveau,

1. Jean-Luc Seigle, *En vieillissant les hommes pleurent*, Flammarion, 2012. Ce roman est un bijou que je ne saurais que vous conseiller de découvrir.

ou aimé, entouré de toute l'affection qu'il mérite? C'est étonnant, mon Gaston, de voir à quelle vitesse on peut s'attacher à un gosse, même s'il n'est pas le sien. Comme si des parcours, à des décennies d'écart, pouvaient rapprocher les gens.

Il va falloir que je m'assure qu'il ne se sente plus exclu, au cas où. Je sais que tu me comprends. Je ne suis pas éternelle.

Lorsqu'il termine sa lecture, tout le bar l'applaudit. Il y a même Miza qui siffle, les doigts coincés au creux des lèvres. Je n'ai jamais su le faire. Ma mère trouvait ça vulgaire et masculin. Je trouvais ça libérateur et indépendant. J'ai essayé d'apprendre pendant des semaines, à l'adolescence. À part me baver sur les doigts, je n'ai pas réussi à produire grand bruit.

— Maintenant, à nous de te distraire, jeune homme! l'apostrophe Robert, en le prenant par le bras. On va t'apprendre le poker. Avec un peu de chance, Élisabeth se joindra à nous et te montrera comment compter les cartes, n'est-ce pas?

Nous prenons place autour de la table tandis que Michel distribue.

— Vous savez vraiment les compter? me questionne le gamin.

— Hum… mes frères m'ont appris. J'ai gagné mes premiers sous comme ça.

— Je ne sais pas pourquoi on vous laisse jouer de nouveau avec nous, se moque Robert. Bon, gamin, parle-nous de toi un peu. Comment ça se passe à l'école?

— Mieux. Il semblerait que quelqu'un ait parlé au directeur.

Son aveu me gonfle le cœur, mais je crois que c'est le regard entendu qu'il me lance qui finit de le faire battre. Il sait, ou du moins il se doute de ce que nous avons fait.

Lorsque je décide de rentrer, le gosse m'accompagne. Mon bras appuyé sur le sien, nous marchons en silence dans les vieilles rues pavées. Il ne fait pas encore nuit, mais l'agitation de fin de journée a laissé place aux petits rituels qui préparent le début de la soirée. Chacun rentre chez soi, refermant sur lui la porte de son intimité et les secrets qui vont avec.

Une fois dans la cour, j'ai presque de la peine de devoir le quitter.

— Merci, Élisabeth. Pour m'avoir amené avec vous au bar et puis… pour le reste.

Il me laisse sans voix, ce qui n'est pas peu dire pour la pie acerbe que je suis. Tandis qu'il avance vers l'entrée de l'immeuble, il se retourne :

— Je pars quelques jours avec ma mère, mais à mon retour je viendrai vous voir.

Ce n'est pas une question, simplement une promesse, un rendez-vous.

*

— Tu es disponible mardi midi pour venir manger au restaurant avec Marc et moi ?

— Miza vient déjeuner à la maison et je rejoins les autres à 15 heures. J'imagine que vous allez vous occuper ce week-end donc plutôt ce lundi, d'accord ?

Le silence qui règne au bout du fil me laisse penser que mon fils est perplexe.

— Je… oui, bon… d'accord, lundi alors. On passe te prendre à midi.

C'est ce qu'il y a de fou avec les habitudes. Elles s'installent durablement, à tel point qu'on est persuadé de ne pouvoir vivre sans elles. Un jour pourtant, sans crier gare, elles s'en vont comme si elles n'avaient jamais existé. Comme si nos vies ne dépendaient pas d'elles. Quand tu travaillais, je mangeais du blanc de poulet le midi. Avec de la mayonnaise. Seulement ça : de la volaille et de la sauce qui dégouline sur les doigts. Pas de dessert, pas de légumes. J'ai donné un ulcère à mon médecin, mais ça ne m'a jamais tuée. En tête à tête avec Jean-Pierre Pernaut, je dégustais mon plat comme un grand chef goûterait sa dernière création.

À ta retraite, ciao mon déjeuner solitaire ! Jamais je ne m'étais aperçue que cette habitude s'était installée, sauf quand elle est partie. Quant à mon repas sur le pouce, tranquillement sur la table du salon, a succédé un déjeuner avec entrée, plat, dessert dans la salle à manger. Adieu les beaux yeux de Jean-Pierre. Je n'y étais pas préparée. Pourtant, j'ai pris de nouvelles habitudes. Celle de déguster un léger fond de vin avec toi. Celle de débattre, les informations en bruit de fond. Celle de rire avec toi des bêtises des petits.

Quand tu es parti, des habitudes, j'en voulais plus. À quoi bon ? Mais les voisines en ont décidé autrement. Je fais désormais partie de leur quotidien, et elles du mien. Je t'avoue que, par esprit de contradiction, j'aimerais bien parfois les envoyer paître, mais ce serait te mentir que de dire que je n'aime pas passer du temps en leur compagnie. Je me plais à observer les petites manies de chacun, taquiner Robert, et plumer Michel au poker. Écouter Miza, bavarde comme une pie, et admirer la confiance en elle de Stella.

Depuis ton décès, ces vieux habitués du bar du coin sont devenus une part de mon quotidien. Tout comme je suis devenue la leur. Malgré le temps qui hésite encore entre la pluie printanière et la chaleur de l'été qui s'annonce, je n'ai manqué aucun rendez-vous. Les murs se souviendront peut-être de notre bande de solitaires venus chercher de la compagnie. Jusqu'à ce que l'endroit soit transformé en « concept store » pour bobos venus de Dieu sait où. Je te jure, mon Gaston, Stella nous a parlé de la vieille épicerie du bourg d'à côté devenue un magasin de marijuana ! Ou quelque chose du genre, je n'ai pas tout suivi.

— Vous êtes songeuse aujourd'hui, m'apostrophe Miza en se resservant du thé. Vous pensez à quoi ?

— Pas grand-chose. J'imaginais ce que deviendra le bar sans René aux commandes.

— Attention qu'il ne nous entende pas, il nous ferait une syncope ! rit Stella. Peut-être une discothèque ou un musée, qui sait ?

— J'espère que je ne serais plus là pour le voir ! s'en émeut Miza. Ah ça, non, je tiens trop à mon petit rituel. L'autre bar du village est bien plus bruyant et ils ne mettent pas assez d'eau pour le thé. Si vous voulez mon avis, c'est pour pousser à la consommation…

— René n'a que cinquante ans, ce serait mal fichu qu'il casse sa pipe avant nous, la rassure Stella.

C'est étonnant que la mort n'effraie plus quand on vieillit. Ou du moins, fais-je partie de cette tranche qui ne craint pas de voir la vie défiler et d'entamer la dernière portion du chemin.

Je serai triste de la peine que je causerai aux gosses, ça oui. Encore qu'ils s'en remettront. C'est dans l'ordre des choses. Non, vraiment, je ne crains pas de mourir. Si ça pouvait m'arriver en dormant, ce serait du grand luxe. Seulement, j'aurais peur qu'on me retrouve dans mon lit avec la mauvaise chemise de nuit. Celle que je mets quand l'autre, la plus jolie, est au sale. Ce ne serait pas un cadeau de départ pour les pompiers. Mais j'imagine qu'ils ont vu pire.

*

À midi pétant, Freddy est devant ma porte. Il est réglé comme un coucou suisse dans son costume bleu, impeccable, assorti à ses chaussures marron. Je le salue depuis la porte d'entrée et lui fais signe de m'attendre à l'extérieur. Lorsque je quitte l'immeuble, Léo sur les talons, je le vois lever les yeux au ciel.

— Tu n'en as toujours pas marre de lui ?

— De Léo ? Penses-tu ! Il me tient compagnie.

Les quelques minutes de voiture se passent en silence, tandis que le paysage de ce petit village, que j'ai si peu quitté, défile sous mes yeux. Les maisons en pierre de taille, les échoppes, les enfants qui jouent et leurs parents qui s'inquiètent. Rien n'a vraiment changé au fil des années. Quelques immeubles se sont rajoutés en périphérie. Dans un style qui te faisait friser les petits cheveux, mon Gaston. C'est vrai que ça jure avec le charme d'avant. Mais que sait-on de la modernité quand on vit un pied dans le passé ? Je crois que je suis née avec cette nostalgie du temps révolu, la mélancolie d'une époque que je n'ai pas connue.

Bercée au « c'était mieux avant » d'une mère qui regrettait l'époque où elle dansait au bal et travaillait dans les champs. Je n'ai jamais su si c'était vraiment mieux « avant », mais j'attachais à ce temps passé un sentiment qui ne m'appartenait pas, et qui ne m'a pourtant jamais quittée.

Quand adolescente je vivais mes premiers bouleversements, je regrettais l'enfance dans les jupons de ma mère, à courir les vignes et à sentir son parfum de lavande quand elle me berçait contre son cœur. Jeune femme, je repensais à l'adolescente, pas si insouciante que ça, mais ivre de souvenirs joyeux, malgré tout. Ma vie de mère m'a donné un regard aiguisé sur la femme en devenir que j'étais, pleine de rêves et d'espoir. Au crépuscule de sa vie, que voit-on de tout ce temps passé ? Que reste-t-il dans notre mémoire ? Les rires, l'amour, les épreuves aussi. Les regrets, parfois. L'indulgence que je n'ai jamais eue envers moi-même et qui pourtant m'aurait tant soulagée. Les mots que j'ai tus et qui auraient mérité d'être dits. On demande souvent aux anciens, s'ils aimeraient recommencer leur vie, si l'occasion leur en était donnée. Oui, peut-être. Mais j'aimerais repartir du début avec tout ce que je sais maintenant. Tout le bagage accumulé durant des années. L'expérience d'une vie au service de l'innocence de celui qui découvre tout pour la première fois. Serait-ce mieux ou bien pire ? Le saura-t-on jamais ?

Lorsque nous arrivons devant le restaurant du village, Freddy se gare en douceur, assisté par une voiture futuriste qui serait bien capable de manœuvrer sans lui. Marc nous attend, le sourire aux lèvres. Son allure jure avec celle de son frère : de son pantalon en jean usé à ses cheveux en bataille. Pourtant, une fois côte à côte, l'harmonie qui se dégage de leur relation me va droit au cœur.

Nous nous installons sur la terrasse couverte et Freddy commande une bouteille de vin blanc sec pour accompagner les fruits de mer.

— Dites-moi : que me vaut cette invitation ? Non pas que je ne sois pas ravie de déjeuner avec vous. Ça me change de la compagnie de Léo, mais c'est peu ordinaire que nous allions au restaurant.

— Juste le plaisir de passer du temps avec toi, dit Marc en souriant, tout en reprenant une gorgée de vin blanc.

— Et en vérité ? Non, ne me dites rien : Cathy ?

— Que vient faire Cathy là-dedans ? s'étonne son ex-mari.

— Rien du tout… Je me disais qu'elle aurait pu vous dire de passer du temps avec moi !

— Effectivement, mais non. La dernière fois qu'on s'est appelé avec Freddy, on s'est aperçus que ça faisait un moment qu'on n'était pas venus te voir, et on s'est dit qu'en temps normal, on aurait eu un appel de papa nous disant « Les garçons, soyez mignons, votre mère ne vous le dira pas, mais vous allez finir par lui manquer ». Il faisait toujours ça quand on tardait à revenir.

— Sauf que là… Il n'y avait personne pour nous rappeler de mettre notre vie sur pause, complète Freddy. On voulait marquer le coup et le restaurant paraissait une bonne idée. Tu sais, la plupart du temps on craint un peu de déranger.

— Déranger qui ? Moi ? Ce n'est pas comme si j'avais un emploi du temps de ministre.

Ils se jettent un regard de biais. Cette discussion semble leur coûter.

— Disons que, par moment, même si tu es chez toi à ne rien faire, tu donnes parfois l'impression que notre présence est de trop.

Une flèche droit au cœur n'aurait pas fait plus mal.

— Avant, il y avait papa, poursuit Marc, il savait mettre de l'eau dans le vin de tout le monde et puis, il était plus bavard que toi, il pouvait nous dire un peu ce que tu avais dans la tête. Aujourd'hui, on ne sait plus vraiment. C'est comme s'il manquait le décodeur, tu vois. On a tellement pris l'habitude de fonctionner comme ça que, quand une pièce manque, c'est tout le système qui s'effondre.

« Tout le système qui s'effondre », ça ne pourrait pas être plus vrai. Devrais-je leur remettre le mot de leur père ? Si je ne l'avais pas laissé dans son enveloppe sur le bureau, peut-être l'aurais-je fait. Non, ce n'est pas le bon moment. Ils le prendraient mal, c'est évident.

Le serveur nous apporte des desserts. Une série de mignardises à n'en plus finir. De la charlotte à la framboise en passant par le baba au rhum, je goûte à toutes les saveurs sous le regard mi-attendri, mi-effaré de mes fils.

— Quoi?

— On connaissait ta gourmandise, mais là… !

— C'est que, avant, j'achetais des pâtisseries de temps à autre, mais maintenant… Bon, c'est comme ça.

— Pourquoi tu ne t'en achètes pas? Ce n'est pas comme si la boulangerie n'était pas à deux rues du bar où tu as pris tes habitudes, me taquine Marc.

— Vous saviez que votre père y allait de temps en temps?

Leurs visages m'indiquent qu'ils n'étaient pas au courant.

— J'ai appris ça par la voisine. Vous y croyez, vous, qu'il ne m'en ait jamais parlé?

— Anne-Marie ne sait pas tout ce que je fais à la minute non plus…

— C'est ça, oui! Que tu crois!

Freddy lève les yeux au ciel tout en terminant son café.

— Ce que je veux te dire, c'est que tu savais très bien qu'il allait se balader tous les après-midi pendant que tu écoutais ton émission de radio, non?

— Comment diable tu te souviens de ça, Marc?

— Vous aviez une routine plus qu'huilée. Je suis même étonné que tu loupes ton « moment radio » pour aller rejoindre tes voisines.

Le silence s'installe de nouveau, moins lourd, soulagé des non-dits de mes garçons. Lorsque Freddy s'empare de ses clés de voiture, Marc propose de nous suivre pour boire un dernier café chez moi. J'accepte, évidemment, voyant là l'opportunité de leur montrer que leurs présences, loin de m'encombrer, donnent un souffle nouveau à mes journées.

Tandis que nous arpentons les rues pavées de la cour, la chienne de Martin sort en trombe de l'immeuble, pour venir directement à mes pieds.

— Encore une bestiole que tu vas adopter? m'interroge Freddy narquois.

— On peut dire ça, je réponds, alors que Martin arrive vers nous, désolé.

Le jeune homme paraît intimidé par mes deux grands. Si Marc est l'amabilité même, le visage de Freddy reste fermé. Je crois qu'il tient de moi, Gaston, il ne sait pas faire autrement.

— Ce grand nigaud a l'air méchant, dis-je en parlant de Freddy, mais il ne mord pas, ne t'inquiète pas, il est un peu comme moi, il faut lui laisser croire que ça marche!

— Maman!

— Tu vois très bien de quoi je parle! Cette moue-là et les sourcils froncés. Tu as de la chance que la génétique t'ait gâté, tu pourrais être tout ridé avec cet air soucieux. Cela dit, Anne-Marie t'aurait trouvé une crème antirides en deux temps trois mouvements. Anne-Marie est la femme de Freddy. Elle est comptable ou quelque chose du genre. Oh, mais j'y pense... Non, rien, laissez tomber.

Les trois garçons me dévisagent, ne sachant s'il y aura une suite à ma phrase. Ma belle-fille ne le sait pas encore, mais elle va m'aider avec Martin! Je propose au jeune homme de se joindre à nous pour un café, ce qu'il décline pour aller sortir son monstre sur pattes, me promettant toutefois de revenir le lendemain.

— Je ne sais pas ce que tu mijotes, commence Marc. C'est à la fois effrayant et terriblement excitant de voir ce que tu vas encore trouver à faire.

— Non, juste effrayant, le contredit son frère en s'asseyant, le plateau à la main. Tu es la reine des coups bizarres. Ne fais pas cette tête, tu vois très bien de quoi je parle ! La fois où tu croyais que j'en pinçais pour cette fille au cours de tennis, tu l'avais invitée à la maison, devant tout le monde, sans me le dire.

— Elle était si jolie.

— J'avais treize ans ! C'était la honte, maman.

— Tu as bien honte d'un rien.

Nous passons le reste de l'après-midi à déguster des petits gâteaux et boire du café. Qu'ils aient posé leur après-midi pour le passer avec moi me touche en plein cœur. Marc nous parle de son travail et des nouveaux clients qui ne cessent de venir le voir. Freddy nous confie enfin ses difficultés à avoir un enfant. Nous rions, pleurons aussi un peu lorsque nous parlons de toi, mon Gaston. Je leur confie ne pas savoir comment leur dire tout ce que j'ai sur le cœur, ou bien que ma maladresse est une forme d'expression qui se trompe de tempo.

Ce n'est que le soir venu, quand le café a cédé sa place au porto et au martini que Marc nous annonce qu'il est temps pour lui de rentrer. Freddy le suit de peu, après m'avoir tendrement donné un baiser sur la joue. Soudainement seule sur ma chaise en fer forgé, j'écoute le soir prendre place. Des volets se ferment, des émissions de télévision résonnent dans la cour, soudain silencieuse.

Je n'ai pas envie de retrouver le salon vide. Pas envie de manger seule, encore. Tandis que le cafard me gagne, un miaulement m'anime soudain. Léo me rejoint depuis l'entrée de la cour.

— Viens donc par là, j'allais rentrer moi aussi, lui dis-je en ouvrant la porte. Je vais te couper du jambon blanc et on regardera les infos, mon vieux. Tu en as loupé des choses, aujourd'hui.

À peine entrée, je lance ma soupe dans le micro-ondes et quitte mes habits de la journée pour une tenue plus confortable. Mes souliers aux pieds, le plateau entre les mains, je suis suivie de près par le félin qui semble comprendre bien plus facilement « jambon blanc » que « ne monte pas sur la table ».

*

— Au moins, ils se rendent compte qu'ils vous ont un peu délaissée.

Stella a l'air pensive cet après-midi et Miza semble marcher sur des œufs. Peut-être est-ce l'air pluvieux de cette fin de journée qui rend le café monotone ?

— Sur cinq de mes enfants, deux se rappellent qu'ils ont une mère. Les autres… je sais qu'ils sont vivants par le biais de leurs frère et sœur. Ah si : à Noël, parfois, quand ils ne sont pas au ski, et pour les anniversaires aussi. Je ne cesse de me dire que j'ai dû cafouiller quelque part, en tant que parent. Je ne crois pas qu'ils me détestent, juste que leur temps libre est destiné à autre chose qu'à conserver un lien avec moi. C'est triste dans le fond, mais qu'y puis-je ?

— Vous prenez de leurs nouvelles ? tenté-je. Mes fils m'ont dit qu'ils ont souvent l'impression de déranger, ce qui est faux, bien évidemment, mais ce non-dit aurait pu nous coûter plus, maintenant que leur père n'est plus là.

— J'appelais toutes les semaines. Et puis je me suis aperçue que si je ne les contactais pas, je n'avais pas de nouvelles durant des mois. Un jour, j'ai perdu l'envie et j'ai atterri ici. J'ai compris que si les liens du sang peuvent être très forts pour certains, ils le sont moins pour d'autres. J'ai créé un autre style de famille avec des amis qui trompent ma solitude et savent m'égayer lors des jours plus tristes. Miza m'invite chaque année pour mon anniversaire et René laisse le bar ouvert à Noël et au Nouvel An. Il invite sa famille et se joignent à eux ceux qui sont seuls. On est un sacré paquet à être seul. Le tout, c'est de savoir se trouver.

Elle termine sa tisane, les yeux brillants. Miza me sourit tristement. La pluie tombe en gouttes épaisses sur la baie vitrée du café. Certains habitués jouent au poker, mais je n'ai pas envie de me joindre à eux. Juste de rester assise, à regarder la pluie tomber, en compagnie de ces femmes que je ne connaissais pas, quelques mois auparavant. Le bruit de l'eau m'évoque des souvenirs tendres, qui me serrent le cœur. Je revois mes gamins courir dans les flaques, leurs bottes en caoutchouc glissant sur les graviers. Me revient l'odeur particulière de la pluie sur le bitume chaud. Les tisanes à la main, confortablement installés dans nos fauteuils, tandis que l'orage se déchaînait et que les éclairs se laissaient admirer par la fenêtre. Tout revient comme si c'était hier et semble si lointain à la fois.

— Comment va Martin ? m'interroge Stella, ce qui m'oblige à revenir à notre discussion.

— Bien. J'ai reçu une carte postale, il dit qu'il prend le soleil et va en profiter pour lire et faire du sport. J'imagine que ce sont des vacances réussies pour un ado !

Je leur tais la petite pointe d'affection qui a fait palpiter mon cœur et que j'ai ressentie en découvrant cette attention. Le gamin a dû l'écrire et l'envoyer le jour même de son arrivée et l'idée qu'il ait pu penser à moi sitôt en vacances me fait l'effet d'une boule vanille sur un fondant au chocolat. Un petit plaisir coupable.

— Il écrit ? Tiens, donc ! Je pensais que ça ne se faisait plus ça. C'est un oiseau rare, ce Martin. Il faudrait qu'on lui demande de revenir nous lire quelques pages. Tout le monde a adoré !

Étrangement, partager Martin me fait un petit pincement. Aura-t-il toujours envie de passer voir une vieille acariâtre comme moi quand il aura compris que les autres sont bien plus joviaux et marrants ? C'est égoïste, tu ne trouves pas, mon Gaston ? Et puéril, surtout. Mais pour rien au monde je ne voudrais priver le gosse de nouvelles rencontres. Ça, non ! Il mérite d'être aimé par la planète entière, ce gamin.

— Je lui dirai, oui. Je crois que ça lui fera plaisir.

— Pas autant qu'à nous ! Un peu de sang neuf pour dynamiser cette bande, ce n'est pas du luxe ! Tu en penses quoi, Robert ?

— J'en pense que le gosse est le bienvenu. Il lit bien en plus, ce n'est pas désagréable. Et ça change de se faire plumer au poker.

Mon Gaston, on dirait que mes habitudes, si récentes pourtant, vont changer dans pas longtemps !

Finalement, chacune rentre chez elle pour vaquer à ses occupations, ses petits rituels qui ponctuent la journée et dont chacune a besoin pour ne pas perdre le fil. Miza est heureuse d'aller dîner avec Félix et nous a montré, sur son portable dernier cri, le petit tailleur-pantalon rose fuchsia qu'elle s'est commandé pour l'occasion. Stella, quant à elle, donne des cours d'italien, trois fois par semaine, à une jeune lycéenne qui s'est lancée dans cette option, espérant obtenir quelques points et faire pencher la balance. Elle râle un peu au moment de partir, mais je crois qu'elle adore ce qu'elle fait. Elle parlait même de s'inscrire à une université du temps libre, dans la ville voisine.

Une fois chez moi, j'ouvre une bouteille de vin et je sors du saumon fumé du réfrigérateur. Quand tu disais qu'il n'y avait pas d'occasions pour se faire plaisir, je ne te croyais qu'à moitié. Maintenant, je me demande pourquoi célébrer une date particulière quand chaque jour, entouré des gens qu'on aime, est déjà un cadeau.

Et comme chaque soir, juste avant de m'endormir, je pense à toi, Gaston. Enfin, disons que j'y pense un peu plus. Je choisis un souvenir, un beau, un fort, et je m'y plonge comme je sauterais en pleine mer. Je me retrouve à tes côtés pendant les vendanges, chez ton cousin Marcel, où tu étais porteur et où je criais ton prénom pour que tu viennes récupérer mon panier rempli de raisins ; je te tiens la main lors de nos balades au bord de l'eau, quand tu faisais semblant de tomber de la berge et de m'entraîner avec toi, ce qui a fini par arriver, tu te souviens ? Parfois, nous sommes simplement assis côte à côte et nous ne parlons pas. Je sais que tu es juste à côté de moi, et c'est suffisant.

Tu es toujours là et je te parle comme si tu n'étais jamais parti, ta main dans la mienne. Je sens ton parfum, dont tu abusais toujours. Le soleil crée des ombres sur ta peau bronzée. Et tu es là.

Je sais que tout est dans ma tête, mais, quand enfin je m'endors, j'ai l'impression que mes nuits me portent jusqu'à toi. Je suis alors bien moins seule.

C'est le réveil qui est plus difficile. Lorsque mes yeux s'ouvrent et que personne n'est à mes côtés. La couverture n'est même pas froissée. Le café que tu préparais n'a pas coulé et la radio est restée silencieuse. Je me lève alors, chausse mes pantoufles usées. Dans la cuisine, j'allume le poste qui devrait bientôt rendre l'âme et pousse le bouton de la cafetière.

Chaque matin, j'attends la nuit avec impatience, juste pour pouvoir te retrouver.

Âge tendre et tête dure

Je ne l'aurais pas cru, mais j'ai presque compté les jours avant le retour de Martin. Sa démarche nonchalante et son air perdu me manquent. Ce week-end, Freddy est parti en cure avec Anne-Marie et Marc a emmené les gosses dans un parc d'attractions hors de prix. Un tel budget pour des manèges: quelle drôle d'idée! De mon temps, les jardins publics suffisaient largement. Nos enfants n'en étaient pas moins heureux. Mais j'imagine que les temps changent et que je suis restée figée dans une autre époque.

Me traverse un souvenir fugace, celui de ma mère tenant ma main potelée entre ses doigts abîmés. Elle m'amenait à la fête foraine pour la première fois de ma courte vie. Je devais avoir cinq ou six ans. J'étais émerveillée par les sons, les manèges qui partaient dans tous les sens, les cris des gens qui s'amusaient ou s'effrayaient dans les attractions. Encore que cela n'avait rien d'extravagant comparé à maintenant. Je me souviens encore du goût de la pomme d'amour que je léchais, laissant le caramel dégouliner sur mes doigts. Nous avons rencontré un homme charmant qui était gentil avec ma mère. Il lui a proposé de tirer à la carabine, ce qu'elle n'avait jamais fait. Je me souviens de son tatouage, sur le bras gauche. Une pin-up avec des gants de boxe. Ma mère a ri aux éclats tout en loupant la cible. Il lui a toutefois offert une peluche, «pour la môme». Un lapin au regard étrange. Je me suis empressée de le glisser sous mon bras. Ce jour-là, je gagnai un ami.

Mais je me souviens aussi que nous n'avions pas vu le temps passer. Quand elle a vu l'heure, ma mère s'est mise à arpenter les rues du village au pas de course, me traînant derrière elle comme une poupée de chiffon. Une fois que nous fûmes arrivées chez nous, mes frères revenus à pied de l'école nous attendaient, à la fois inquiets et désemparés. Mon père était rentré lui aussi. Je me rappelle qu'ils m'ont emmenée dans ma chambre pour jouer à la poupée avec moi. Avant que nous montions l'escalier, notre père m'arracha la peluche des mains et la jeta à la poubelle, sans tenir compte de mes sanglots. Une fois à l'étage, les cris n'étaient plus les mêmes. La pomme d'amour me paraissait tout à coup trop sucrée. Lorsqu'une heure plus tard nous passions à table, le sourire de ma mère avait disparu, remplacé par des marques qui ternissaient ses traits. J'avais plus de vingt ans quand je suis retournée dans une fête foraine, mais le plaisir n'est jamais revenu.

Assise sur ma terrasse, un porto dans une main, une cigarette dans l'autre, je ressasse un passé que je croyais derrière moi depuis longtemps. Je suis surprise lorsque

Martin vient à ma rencontre. Il a bronzé, des taches de rousseur sont apparues sur son nez et ses joues.

— Tu es rentré, toi?

— Ce matin. Je voulais venir vous voir dans l'après-midi, mais ma mère avait besoin de mon aide. Ça ne vous fait pas trop tard?

— Bah! Tant que j'y pense: tout le monde te réclame au bar! Reviens quand tu veux, pour lire un petit peu ou juste rester avec nous, si le cœur t'en dit. Comment vas-tu?

Après un bref exposé de ses vacances dans les Landes, Martin sort un livre de son sac en bandoulière.

— J'ai pris ça pour vous, je l'ai acheté dans une librairie pendant le séjour.

— Je lis très mal... C'est gentil, mon petit, mais tu aurais dû garder tes sous.

— Non, je sais, enfin, je me disais que je pourrais peut-être venir vous en lire un passage de temps en temps? J'ai vu, dans le bar l'autre fois, que vous aimiez bien. Enfin, je crois... Je me suis peut-être trompé. Je pourrais le laisser ici et quand je viens, je vous en lis un chapitre?

Face à mon mutisme, il s'assoit plus confortablement et ouvre le livre à la première page. Sa voix n'est pas très sûre, il a peur de déranger. Puis il lit. Doucement, avec tendresse et respect pour les émotions qui me submergent. Il remarque quand je pleure, mais ne s'arrête pas, n'interrompt pas le flux de paroles, ne me laisse pas dans le silence qui m'entoure depuis que tu m'as quittée. Il lit et je respire. Je revis un peu. Il ne fait pas ça pour les autres, pour une foule dans un bar, mais pour moi. Pour cette voisine qui, toute une partie de sa vie, s'est sentie si seule, jusqu'à toi, Gaston.

Lorsque le premier chapitre est terminé, il enchaîne sur le suivant, soucieux de ne pas interrompre le cadeau si généreux qu'il me fait. Sa voix. Son temps. Je l'écoute, religieusement, espérant que chaque mot ne sera pas le dernier. Je voyage au fil des pages, me perdant comme l'héroïne dans la campagne gersoise que je n'ai pourtant jamais arpentée.

Durant ce moment suspendu, je ne pense pas à la vie qui m'attend, à la solitude qui me guette, devant ma soupe réchauffée et mon émission de télévision que je suivrai vaguement. Je ne pense pas aux mots d'amour que j'ai tus à mes fils que j'aime pourtant tendrement, ni à la peine que je ressens depuis que tu es parti.

Quand le dernier mot est prononcé, règne un doux silence. Martin me dévisage.

— Vous voulez que je continue?

— Gardes-en un peu pour plus tard. Ta mère doit t'attendre pour souper.

— Je peux vous laisser? s'inquiète-t-il.

Il me regarde avec peine et je n'ai pas le cœur de le piquer à vif.

— Bien sûr, file. Et, Martin, merci!

— Je t'en prie, Lise ! répond-il en se levant.

«Lise.» Le sourire et les yeux rieurs qui me quittent me réchauffent jusqu'au plus profond du cœur.

*

Trois fois par semaine, après avoir sorti sa chienne, et avant de rentrer chez lui, Martin vient lire quelques chapitres du livre qu'il m'a offert et qui trône fièrement dans mon salon.

Quand il termine les dernières lignes de l'ouvrage, mon cœur se serre.

— Et voilà, merci pour ton temps.

Les quelques secondes qui filent me laissent un goût amer. Je m'étais habituée à nos rencontres plus régulières, teintées de souvenirs nostalgiques et d'un peu de renouveau. Je ne lui dirai pas que ce temps qu'il m'a accordé va me manquer. Qu'il était un rayon de soleil lors des jours pluvieux de solitude ! Qu'il me rappelait un temps révolu, si lointain, et pourtant, si frais dans ma mémoire !

— Je vous laisse choisir le prochain dans votre bibliothèque ? Je passe demain à la même heure, dit-il en se levant. À demain, Lise !

Il file sans même me laisser le loisir de l'interroger un peu plus. Il va revenir, alors ! Excitée à l'idée que les lectures ne cesseront pas, je file dans le bureau pour chercher quel auteur je retrouverai avec plaisir, grâce à lui.

Le lendemain, avant que le gamin ne revienne, j'appelle Anne-Marie. Une fois la surprise passée, et les politesses échangées, elle m'interroge :

— Que me vaut votre appel ? Non pas que je n'apprécie pas d'avoir de vos nouvelles, c'est juste que d'ordinaire vous passez par Freddy.

— Est-ce que tu peux venir en fin de journée ?

— Euh… oui. Vous allez bien ? S'il y a une urgence, je peux appeler Freddy, on va se libérer.

— Non, non. Juste toi. Rien de grave. Viens à 19 heures, dis-je en raccrochant.

Voilà qui devrait suffisamment l'intriguer. D'autant que, la mettant devant le fait accompli, elle ne pourra rien me refuser.

Martin arrive sitôt ses cours finis. Comme le ciel est clément, je l'attends sur ma terrasse.

— Bonjour, Lise, on lit quoi aujourd'hui ?

— Celui-ci, désigné-je un épais roman posé sur la table en fer. Tu connais ?

Il examine l'ouvrage et m'indique que non. Il commence sa lecture et je remarque à ses traits qu'il se passionne pour l'histoire. Il lui sera difficile d'attendre notre prochain rendez-vous pour connaître la suite. Lorsqu'il finit sa lecture, je lui propose une boisson et nous discutons de ses révisions et de ses projets après le bac.

Nous sommes interrompus par un bruit de talons qui résonne sur les pavés. Anne-Marie, d'une élégance folle, entre dans la cour.

— Élisabeth, tout va bien ?

— Comme tu le vois, oui. Assieds-toi. Tu prends du thé, non ? Oh, à cette heure-ci on peut partir sur un porto. Ah ! Je te présente Martin, je ne sais plus si tu l'as déjà rencontré.

Anne-Marie s'installe face au gamin complètement désarçonné. Quand je reviens avec de nouvelles boissons, le silence règne toujours. Martin ne sait pas où se mettre face à une Anne-Marie qui fait son Anne-Marie.

— Tu savais que Martin voulait devenir comptable ?

— Comment l'aurais-je su, je le connais depuis deux minutes…

— … et je me souviens que tu travailles dans les chiffres, je ne sais plus trop quoi.

— Je suis commissaire aux comptes, Élisabeth.

— C'est dans la comptabilité ça, non ? Ça y ressemble, toujours.

— Je… oui. Vous… Ne me dites pas que vous m'avez fait venir pour…

— Ce serait génial que le gosse puisse voir le métier ! Tu pourrais le prendre en stage cet été !

— Élisabeth !

— Quoi ?

Martin est bouche bée. Je crois qu'il ne s'attendait pas à ça. Je lui lance un regard appuyé. Si tu veux saisir ta chance mon grand, c'est maintenant !

— Je travaillerai dur ! Je vous le promets. Je ne vous décevrai pas. Et je voudrais encore moins décevoir Lise pour l'opportunité qu'elle m'offre. Je n'avais pas prévu tout ça, mais je peux vous envoyer une lettre de motivation. Un CV aussi, mais les seuls boulots que j'ai faits c'est de la mise en rayon et du ménage pour me faire de l'argent de poche. Ça n'a pas grand-chose à voir, mais je n'ai jamais rechigné à travailler dur, ça, ça le prouve.

Il a déballé son laïus en apnée. Respire, gamin ! Bon sang ! Tu vas te trouver mal. La passion et l'envie de réussir que je lis dans ses yeux n'ont pas échappé à ma belle-fille.

— Et il fait du bénévolat aussi, dis-je sous le regard interrogateur de Martin. Il fait la lecture aux personnes âgées. Tu n'imagines pas refuser quand même ? Si tu dis non, je jure de venir te hanter sitôt dans la tombe.

Elle souffle avant de lever les yeux au ciel :

— Ça, je crois bien que vous le ferez dans tous les cas. Envoie-moi ton CV et ta lettre de motivation à cette adresse mail, indique-t-elle à Martin en lui tendant une carte de visite, je vais voir ce que je peux faire. Mais si j'accepte, je te prie de croire que tu vas travailler sans relâche et que je suis une vraie harpie quand il s'agit du boulot.

— Et même en dehors, si tu veux mon avis, marmonné-je.

— Ce n'était pas dit suffisamment bas, Élisabeth ! Bon, sur ce, je vous laisse, je dois rejoindre Freddy. À bientôt.

Aussi gracieuse qu'à son habitude, elle se lève et repart en direction de sa voiture. Je la hèle une dernière fois :

— Merci, Anne-Marie !

Le sourire en coin qu'elle m'adresse vaut toute réponse : je sais qu'elle donnera sa chance à Martin.

*

— Bon, dans ce cas, dimanche midi.

Mes fils sont passés prendre le thé. Une chose est sûre, réussir à réunir toute la famille, en même temps, relève de l'exploit. Cela fait dix minutes que tous deux sont accrochés à leurs smartphones, essayant de chercher dans leurs agendas un créneau commun.

Assis en terrasse, le soleil commence à taper sévèrement sur nos têtes.

— Pour quelle occasion, maman ?

— Une occasion ? Aucune ! Le plaisir d'être là.

— Tu as bu ? m'interroge Marc.

— Pas encore, mais ça ne saurait tarder ! Bon, dimanche c'est bon pour vous ?

Ils hochent la tête de concert. Ils finissent leurs cafés, le temps pour moi de leur demander de prévenir leurs familles respectives.

Mes enfants partent vaquer à leurs occupations quand Miza rentre de sa promenade matinale. Sans demander, elle prend la place qu'occupait Marc cinq minutes plus tôt.

— Quelle chaleur ! J'ai cru fondre avant d'arriver.

Si le mois de juin continue sur cette lancée, je me demande comment va se passer l'été. Pour sûr, la canicule risque de faire du tri au café du coin.

Miza sort un petit éventail de son sac et l'active avec force tandis que je vais chercher du porto et les verres assortis.

— Bon Dieu, avec cette chaleur ? Bon, pourquoi pas après tout ?

Elle se sert un verre qu'elle boit bien trop vite.

— Ça tombe très bien qu'on se croise aujourd'hui. Vous faites quoi dimanche midi ?

— Ce dimanche ? Rien.

— Parfait ! J'aurais besoin de vous. Et de Stella, mais elle ne le sait pas encore.

Miza semble tout à coup intéressée.

— J'organise un repas de famille. Je vais inviter le gamin et sa mère, mes fils, leurs conjoints et les petits, je voudrais que vous soyez là aussi toutes les deux.

— Si notre aide se résume à ça… ça devrait aller.

— Non : je n'ai jamais cuisiné pour autant de monde. D'habitude, Gaston m'aidait, mais là…

— Je ferai le plat. On se donne rendez-vous à 8 heures dans votre cuisine. Stella fait des amuse-bouche vraiment délicieux. Elle sera enchantée d'en réaliser exprès. Oh, mais quelle bonne idée!

J'étais sûre que Miza se ferait une joie de m'aider à organiser tout ça. Enfin « m'aider » ou plutôt prendre la main sur le repas. Ce qui n'est pas pour me déplaire!

*

Le jour venu, tout le monde a répondu présent. Cathy m'a même apporté une bouteille de porto pour remplir le stock sous le vaisselier de la salle à manger. Les petits courent dans tous les sens, mes voisines sont déjà adoptées par ma famille et je me retrouve au milieu de cette cacophonie, à la fois spectatrice amusée et effrayée par tant de nouveauté.

Lorsque Martin et sa mère, Silvia, arrivent, l'agitation s'interrompt le temps des présentations. Margaux se faufile au milieu des adultes pour apostropher Martin:

— Dis, c'est toi, le nouveau chat de mamie?

Le gamin me dévisage, cherchant de l'aide, tandis que je lance un regard noir à son père. Miza, Stella et moi assurons le service. J'aurais presque l'impression d'être une de ces serveuses américaines des années 1950, comme on en voit dans les vieux films. Quelques tours de taille et des rides en plus. Stella régale tous les convives à coups d'anecdotes tandis que la mère de Martin fascine les petits par ses voyages et tours du monde professionnels qu'elle a néanmoins arrêtés à la naissance de son fils. C'est une femme aussi belle qu'intelligente, au tempérament bien trempé. Tandis que je débarrasse les assiettes, elle m'apporte son aide. Seules dans la cuisine, un silence étrange nous entoure. Celui qui se faufile entre des personnes mal à l'aise de se retrouver face à face, soulagées des conversations des autres.

Penchée au-dessus de la poubelle, faisant tomber les déchets avec minutie, elle finit par vider son sac :

— Pour Martin, le lycée…

— Vous m'avez déjà remerciée. D'ailleurs, ce n'était rien d'exceptionnel. Il a bien fait de vous en parler, c'était le mieux.

— Je vous parle de votre intervention auprès du directeur. Et du rectorat.

— Ah oui, ça…

Elle pose les couverts dans le lave-vaisselle et me fait face.

— Oui, « ça »… C'était… étrange. Vous avez sauvé la fin d'année de mon fils, je n'avais rien vu. Ou peut-être n'ai-je rien voulu voir. Martin est solitaire tandis que je ne sais pas être seule. Il est intelligent et réfléchi alors que je suis impulsive et tête brûlée. Le voir souffrir, je crois que ça me renvoyait en pleine figure à quel point je suis une mère épouvantable.

Elle termine son discours à bout de souffle, les larmes aux yeux.

— Vous savez, quand j'ai eu mes enfants, on ne nous parlait pas d'amour, de liens qui se tissaient au fil du temps. C'était « Allez, tiens, démerde-toi », simplifié-je pour la faire rire. Et figurez-vous qu'on faisait comme on pouvait, avec nos maladresses et notre amour qui déborde parfois un peu trop. Vous n'êtes pas une mère parfaite. Aucune ne l'est. Mais vous êtes la meilleure mère pour votre fils, car vous faites de votre mieux. Martin est un gamin charmant, bien élevé, à la gentillesse folle. Il apprend à devenir adulte et c'est sacrément compliqué. Autant que d'être parent. Mais ça ira, pour vous, comme pour lui.

— Oui, oui, vous avez raison.

— Vous n'aimeriez pas contredire une vieille comme moi, n'est-ce pas ? J'ai le privilège de l'âge.

— Je n'oserais pas, s'amuse-t-elle à son tour.

Je lui tais qu'elle n'a pas fini de s'inquiéter. Même lorsque des cheveux blancs apparaîtront sur les tempes de son fils. Il restera à jamais son petit garçon.

Lorsque nous revenons auprès des autres, Marc ouvre le champagne apporté par Martin et sa mère. Les conversations battent leur plein. Des inconnus emprisonnés dans le tourbillon de leurs vies respectives qui, l'espace d'un instant, s'offrent une parenthèse de répit. Sur le pas de la porte de la salle à manger, je les observe avec pudeur. Qui aurait pu croire qu'Anne-Marie s'entendrait si bien avec Stella et que Miza attendrirait Marc ? Que Freddy se lierait d'amitié avec le nouveau compagnon de son ex-belle-sœur, tandis que les autres joueraient au UNO avec les enfants ?

— D'habitude, c'est pour Noël des repas comme ça, commente Margaux en voyant son père déguster le champagne.

— On pourrait se faire ça chaque année ? propose Freddy. Un repas sans occasion particulière. Juste la joie de voir maman en PLS le temps d'une journée, secouée dans ses habitudes.

— Rappelez-moi : on peut renier un enfant ? dis-je en faisant mon entrée.

— Je te manquerais trop, maman.

La simplicité de nos échanges, les taquineries, tout me surprend, mais me place dans une euphorie et une légèreté qui me font du bien.

Martin nous parle de son stage à venir sous le regard attendri d'Anne-Marie. Elle ne le dira pas, mais je sais que si elle a accepté de signer la convention de stage, c'est qu'elle compte prendre le gamin sous son aile. Je la crois comme ça et je pense que tu avais vu ça en elle aussi, mon Gaston.

Tu as toujours su que sous les carapaces les plus hermétiques se cachent souvent des sentiments plus doux que la normale. Des cœurs tendres qui ont peut-être trop souffert pour se livrer complètement et ont fini par oublier comment aimer.

J'observe alors les regards dérobés de Freddy vers son épouse, de Marc vers ses enfants. Ces regards qui en disent plus que les mots qu'ils taisent. Ceux que tu savais voir mieux que personne, car tu avais appris à ne pas entendre, mais à écouter ; à ne pas simplement regarder, mais à voir au-delà des faux-semblants. En cet instant plus qu'à n'importe quel moment de solitude, tu me manques affreusement.

Quand les plats sont vides, les conversations épuisées et que la fatigue pointe le bout de son nez, chacun décide de rentrer. Seules restent Miza et Stella.

Une fois la cuisine rangée et la vaisselle nettoyée, nous nous posons en terrasse, un verre dans une main, une cigarette dans l'autre.

— C'était une belle journée, commente Miza. Votre famille est fantastique. Et les petits, bien mignons !

— Vous croyez qu'on pourrait s'organiser ça régulièrement ? questionné-je mes nouvelles complices.

— Pourquoi pas ? Mais à ce rythme, nos vieux du café vont nous jalouser et ça va finir en fête de village !

Miza rit de la remarque de notre voisine.

— J'aurais aimé que Gaston voie ça, dis-je tout à coup. Qu'il voit que je ne suis pas si seule que ça, finalement, même si rien ne le remplace !

— Oh, pensez-vous ! Il sait tout ça. J'en suis certaine. Peut-être même qu'il a tout manigancé depuis là-haut, qui sait ?

Stella ne croit pas si bien dire. Tu as tout prévu, mon Gaston. Tu ne serais pas parti en me sachant seule. Oui, je sais qu'où que tu sois, tu me vois et tu veilles au grain.

Je me souviens de la première fois que je passai un entretien, nous n'avions pas encore les garçons. Nous n'étions pas véhiculés, alors tu as pris ta journée, tu m'as accompagnée devant l'usine et tu m'as attendue sous la pluie, à peine protégé par l'abribus. Quelle ne fut pas ma surprise en m'apercevant que tu étais toujours devant, près de deux heures plus tard, moi qui pensais devoir rentrer toute seule.

Tu n'avais pas bougé et tu m'as accueillie, le sourire aux lèvres. On ne savait même pas si j'allais être prise, mais tu avais décidé qu'on irait au restaurant. Je crois que c'est ça le bonheur, mon Gaston, voir quelqu'un que l'on aime, même au creux de la tempête.

— Il faudrait organiser une fête des voisins, propose Miza. C'est vrai, quoi ! On la loupe chaque année.

— Je n'ai pas envie de me retrouver avec le vieux du troisième. Il ronchonne sans cesse, rien ne va jamais.

— Il doit avoir dix ans de moins que nous, la sermonne Miza.

— Eh bien, vous voyez ce que ça fait d'avoir si mauvais caractère : on paraît dix ans de plus ! Non, faisons nos soirées clandestines ici et puis au bar de temps en temps, pourquoi pas ! Il faudrait proposer aux autres de mettre un peu de musique parfois. Histoire de swinguer ! N'est-ce pas, Élisabeth ?

Ma voisine se lève en fredonnant et en remuant son arrière-train comme une diablesse de vingt ans, tout en nous tendant les mains pour que nous la rejoignions.

— Ça ne va pas, non ?

— Allez, Élisabeth, on n'a qu'une vie et la nôtre est plus sur la fin que sur le début !

Sa remarque lugubre m'amuse. C'est vrai, finalement : quelle énergie consommée à se soucier du regard des autres !

Nous nous levons de concert et imitons Stella. Miza l'accompagne en chœur et c'est dans une cacophonie sans nom que nous gesticulons.

Notre joyeuse chorégraphie est vite stoppée par ledit voisin qui passe une tête par la fenêtre et nous ordonne d'arrêter notre grabuge. Je n'oserais pas te répéter les jurons qu'a sortis Stella, mon Gaston. Dans une autre vie, j'aurais pu en dire autant, mais depuis toi, je me suis assagie.

— Élisabeth, c'est décidé : on va faire de votre rez-de-chaussée une auberge espagnole ! clame Miza.

« Dans mon pays d'Espagne… Olé. »

*

— Ne stresse pas, gamin, c'est une formalité. Si tu l'as tant mieux, et ma foi si tu ne l'as pas… tu t'en sortiras très bien quand même ! Regarde-nous, on a des parcours bien différents et pourtant on a tous fini au même endroit.

Michel désigne notre petit groupe devant un Martin au visage livide. Après des journées entières à réviser, Martin a enfin passé son bac et, si je suis persuadée qu'il l'aura avec succès, le petit doute depuis des jours.

Suspendu à son téléphone, il attend le moment fatidique, tout en actualisant la page des résultats toutes les trente secondes. Ses mains moites jouent du piano sur la table. C'est qu'il arriverait presque à me stresser aussi ! Si ce n'est pas la chaleur de ce mois de juillet qui m'achève, ce sera sans aucun doute le stress contagieux de ce gosse.

Je me rappelle lorsque nos fils ont passé leurs examens. Je crois bien avoir été encore plus anxieuse qu'eux. Je m'étais rongé les ongles jusqu'au sang, en attendant leur retour. Tu me répétais sans cesse d'arrêter de m'en faire, qu'il n'y avait pas mort d'homme, tu te souviens, Gaston ? Pourtant, je ne pouvais souffrir de les voir déçus. Quel parent en est capable ?

— Je ne veux pas redoubler, marmonne-t-il. Il faut que je l'aie, c'est trop important. Et puis, j'ai mon stage qui débute après, je ne voudrais pas tout foutre en l'air.

— Tu ne foutras rien en l'air, tu as bien travaillé, aucune raison que tu ne l'aies pas.

Nous tentons de le rassurer comme nous pouvons. Le bac est bien loin pour certains d'entre nous, inconnu pour d'autres. René lui apporte un Perrier menthe tandis que nous recommandons du café. Ce n'est pas encore l'heure du porto, faut pas déconner.

Après avoir énuméré tous les arguments en sa défaveur, chacun contré par nos soins, Martin sort un livre de son sac à dos.

— Autant s'occuper en attendant. Vous voulez que j'en lise un passage ?

Nous n'osions pas le demander. Nos chaises tournées face à lui, nous le laissons commencer sa lecture. Sa voix, d'abord hésitante, perdue au milieu de pensées dérangeantes, se fait plus claire à mesure qu'il se laisse emporter par le texte.

Il en oublie que l'année a été compliquée et que la vie le sera parfois tout autant. Il met de côté son angoisse de ne pas réussir, tout en oubliant que le destin l'emmènera là où il l'aura décidé, quoi qu'il advienne.

Ça nous ferait quoi d'avoir dix-sept ans de nouveau, mon Gaston ? De croire qu'on est maître de tout alors qu'on navigue à l'aveuglette ?

Si je regarde ma vie, du haut de mon âge certain, était-elle à la hauteur de ce qu'espérait la gamine de dix-sept ans ? Bien plus encore. Je n'aurais jamais rêvé autant. Je ne pensais pas connaître l'amour après avoir vécu la colère, ni la vie après avoir côtoyé si longtemps la mort. Je n'attendais rien, jusqu'à toi.

Tu m'as donné non pas envie de vivre, mais de dévorer tout ce qui se présenterait sur mon chemin. D'apprécier les nuits à regarder les étoiles avec nos enfants, les repas en amoureux, les balades à vélo et les jeux de société. À tes côtés, j'ai compris qu'il n'y avait pas de petits moments. Que chaque seconde pouvait se révéler merveilleuse si on prenait la peine de lui donner sa chance !

Un cri de joie me ramène à la réalité : les résultats sont tombés et, comme je m'y attendais, Martin a réussi avec succès.

— À toi, gamin !

Nous levons tous nos verres de champagne, gracieusement offerts par le patron, et portons un toast à la réussite de Martin. Réunis en cercle, chacun trinque avec son voisin tandis que le gosse trempe ses lèvres dans les fines bulles. Espérons que le mélange alcool et canicule ne viendra pas faire tourner des têtes !

Joie et fierté peuvent se lire dans les yeux de mon petit protégé. Il a réussi à obtenir une mention, ce qui, compte tenu de son année, n'était pas gagné.

— Félicitations pour ton bac, glissé-je. Tu commences quand exactement avec Anne-Marie ?

— Dans une semaine. Il me tarde.

On en reparlera ! ne puis-je m'empêcher de penser sans toutefois le lui dire. S'il veut apprendre, il ne pouvait mieux tomber : Anne-Marie se fera une joie de lui enseigner ce qu'elle sait avec rigueur. Toutefois, je crains que ses nerfs ne soient mis à rude épreuve.

Miza m'interroge du regard et j'obtempère en silence. Elle en profite pour aller récupérer une boîte cachée derrière le comptoir avant l'arrivée de Martin.

Elle me tend le paquet que je lui offre :

— Tiens, de la part de tout le monde. Pour te féliciter et te remercier de venir nous faire la lecture de temps à autre.

Ses doigts fins s'emparent du cadeau et l'ouvrent avec délicatesse. Une montre noire trône fièrement sur un petit coussin blanc.

— C'est… Elle… est vraiment très belle. Merci beaucoup.

L'émotion se lit sur son visage. Il s'empare du bijou et me demande de l'aider à l'accrocher à son poignet. Il n'a pas vu l'inscription à l'intérieur: *Audaces fortuna juvat*, «La fortune sourit aux audacieux». J'espère que lorsqu'il la découvrira, il en saisira la portée.

Deux coupes plus tard, Martin me raccompagne chez moi. Devant la porte de l'immeuble, il s'empare de son sac à dos noir et en sort une boîte à son tour:

— Je n'ai pas voulu vous la donner devant les autres.

J'ouvre le paquet-cadeau et je découvre une étrange machine accompagnée d'un casque.

— Qu'est-ce que… ?

— C'est pour écouter des livres audio. Regardez, ça s'allume comme ça et vous cliquez ici pour sélectionner celui que vous voulez écouter. Avec mon stage, je ne sais pas si j'aurais autant de temps, alors, en attendant… J'en ai chargé une vingtaine, ceux-là étaient gratuits parce qu'ils sont vieux, enfin, des «classiques», quoi. Mais si vous en voulez d'autres, je vous montrerai comment on fait.

Je n'ai même pas les mots pour le remercier, alors je le prends dans mes bras. Il me salue timidement en s'engageant dans la cage d'escalier de l'immeuble.

Lorsque je pénètre dans l'appartement, je suis suivie de près par Léo. Assise dans le fauteuil mon manteau à peine retiré, j'essaie de reproduire la manœuvre montrée quelques minutes plus tôt par le gamin. Je visse le casque sur mes oreilles, avec une délicatesse que je ne me connais pas, et j'appuie sur « lecture ».

Les premiers mots résonnent. Ce n'est pas ta voix, mon Gaston, c'est différent ; mais c'est une fenêtre laissée ouverte sur ce que nous partagions.

Les mots se bousculent à mes oreilles, faisant défiler les secondes de façon délicate, suspendant le moment autour de moi. Je ferme les yeux et savoure cette liberté nouvelle. Les minutes passent sans que je ne pense à rien d'autre. Rien.

En début de soirée, mes voisines rentrent du café. Elles se tiennent dans la cour, à proximité de ma fenêtre que je finis par ouvrir, intriguée par le bruit, audible malgré le casque.

— Ma sœur m'a envoyé une liqueur aux fruits, on se l'ouvre ? propose Miza comme si elle n'attendait que moi.

Je souris en sortant les rejoindre tandis qu'elle monte chercher le breuvage qui nous fera la soirée. Stella dispose les chaises pendant que j'attrape trois verres dans le placard au-dessus de l'évier. Léo en est à sa seconde pâtée. Ce chat a des goûts de luxe, il va me coûter ta réversion, mon Gaston.

Nous voilà assises à la tombée de la nuit, sous un ciel étoilé, sirotant nos liqueurs bien trop sucrées. C'est que ça en deviendrait presque une habitude. Enfin, vaudrait mieux éviter si nous ne voulons pas te rejoindre, Gaston !

Certains jours, j'arrive maintenant à sourire. Un rictus à peine. Parfois, je ne m'en rends pas compte. Ça vient le soir, ou le matin. Ça se glisse sur mon visage, le déforme presque, mais souffle au cœur un espoir nouveau : celui d'une belle journée.

— Je n'arrive pas à savoir si j'aime, nous dit Miza, son verre à la main. (Elle le fait tournoyer entre ses doigts, admirant sa robe.) Je crois que ça me rappelle un sirop pour la toux.

— Je vais sortir le porto.

Quitte à choisir son poison, autant opter pour une valeur sûre.

Ce soir-là, j'ai le cœur léger. Quand les voisines s'en vont, Léo m'attend sur le perron. Je range mes chaussures dans le placard de l'entrée et me dirige vers le buffet sur lequel est posé le tourne-disque que tu m'as offert il y a quelques années après que le mien a rendu l'âme.

Avec délicatesse, je pose le vinyle et aussitôt une douce musique m'enveloppe. Le chanteur me parle d'un temps qui est si vite passé. Assise dans mon fauteuil, éclairée par le réverbère de la cour, je me laisse bercer. Les notes de piano chassent la tristesse tout en attisant la mélancolie. Cette mélodie, c'était nous deux.

Quand les chansons sont toutes usées par le diamant, le silence règne dans l'appartement. Léo dort profondément sur le canapé d'à côté, oubliant qu'il est de coutume pour les chats de ronronner sur les genoux de leurs maîtres.

Je fais réchauffer un bol de soupe en brique et j'allume la télévision. Une émission avec des chanteurs et quelques vieilles reprises. Ça fera l'affaire, d'autant que j'ai bien trop bu pour tout comprendre. Au bout de quelques minutes, je me surprends à rire devant les mimiques et blagues de l'animateur. Je fredonne les mélodies que je connais, finissant par réveiller Léo qui vient se lover contre moi. La soirée passe sans que je ne m'en aperçoive.

Ce n'est pas que je ne pense plus à toi, mon Gaston. C'est simplement que je sais que tu es à côté de moi, quelque part entre ici et là-bas. Cette sensation me laisse un goût « d'avant » au creux du cœur tout en posant l'envie de lendemains dans ma tête.

*

Boire jusqu'à pas d'heure, ce n'est clairement plus de mon âge. Je me réveille ce matin avec une fanfare dans la tête. Pas celle des fêtes, non, celle d'un gosse de quatre ans pour qui faire du bruit est le concept même de musique. J'ai la nausée, l'estomac en vrac et la tête dans un étau. Quelle idée à la con !

Les voisines ne voulaient pas quitter leur chaise et je dois avouer que leur compagnie m'était agréable. Je passe la journée les volets entrouverts, Léo faisait quelques va-et-vient sans trop comprendre le pourquoi de mon état léthargique. À travers la fente me laissant apercevoir l'extérieur, je ne vois ni Stella ni Miza. Elles décuvent elles aussi à tous les coups.

Un plat de pâtes au fromage me sert de repas, devant un téléfilm qui n'a ni queue ni tête. Qui a déjà trouvé romantique un garçon qui vous rentre dedans ?

Sur les coups de 17 heures, j'entends frapper sur le battant.

— Élisabeth, vous êtes là?

Je me lève en vitesse et j'ouvre sur un Martin étonné.

— Je suis passé au café, mais les autres m'ont dit que vous n'étiez pas venue. Je me suis inquiété.

— J'ai complètement oublié! Mon pauvre Martin, les voisines m'ont tendu un guet-apens. Une sombre histoire de liqueur venue d'ailleurs et une soirée étoilée.

— Vous voulez que je vous laisse?

— Penses-tu! Je vais me faire un café, j'arrive. Tu veux du coca? Je t'en ai acheté. Je n'en bois pas moi, je déteste ça.

Je pars m'installer en terrasse avec Martin, un plateau dans les mains. J'ai à peine le temps de me poser que nous abordons le cœur du sujet qui l'amène: son premier jour de stage. Au bout d'un certain temps, à force de questions, j'arrive à lui faire dire ce qui le taraude:

— Et si je n'y arrivais pas? Peut-être que je me trompe de voie...

— Toi, te tromper? Permets-moi d'en douter.

— Ne vous moquez pas.

Ses épaules sont basses, sa mine renfrognée. Il est surexcité, parfois confus, passant d'une euphorie légère à une angoisse palpable. Ce gosse a si peu confiance en lui que c'en est désespérant.

— Au pire, tu te plantes, tu n'aimes pas ou Dieu sait quoi. Tu auras essayé et tu sauras que ce n'est pas fait pour toi. Tu auras eu le cran de te lancer. Au mieux, tu es sur la bonne voie. La tienne. Quoi qu'il advienne, tu finiras par trouver ta place.

Il me regarde les larmes aux yeux. Il est effrayé, mon Gaston. Comment ne pourrait-il pas l'être? L'immensité du futur qui l'attend lui paraît colossale. Quand on a mon âge, on se rend compte que ce même futur s'est déroulé en un claquement de doigts. Ce qui semble gigantesque n'est plus alors qu'un petit film en noir et blanc qu'on voit dérouler, sans plus de crainte.

— Tu en vivras plein des épreuves dans ta vie. Mais tu les surmonteras, j'en suis certaine. La fac? Du pipi de chat à côté du lycée. Tu vas t'éclater. Tu penseras à moi quand tu recevras ton diplôme et que tu mèneras ta vie comme tu l'entendras, sans te soucier du regard des autres. Quand tu auras compris ça, tu auras tout compris. Et si tu mets cinq, dix, quinze ans à arriver au bon endroit, c'est que ça devait se dérouler ainsi. Aucun temps n'est perdu, chaque expérience est bonne à vivre. Le bon comme le moins bon.

— Même quand on perd quelqu'un qu'on aime? ose-t-il.

Je regarde la cour, si familière. Le jasmin est en fleur et délivre un parfum délicieux que j'attends chaque saison. Cette année aussi, j'espérais ses fleurs blanches. Comme la vie qui suit son cours.

— Oui, même quand on dit au revoir à quelqu'un qu'on a tendrement aimé. Tu sais pourquoi? Simplement parce qu'on a eu la chance de partager un bout de chemin avec cette personne. Parfois très bref, à d'autres moments plus long. C'est une chance d'avoir de la peine: c'est qu'on a aimé suffisamment fort pour ressentir le manque. Ça vaut le coup.

Un silence léger s'insinue entre nous tandis que Léo vient réclamer ses caresses à Martin.

— On se donne rendez-vous dans cinq ans pour fêter mon master, alors.

— J'espère bien te revoir avant, dis donc, ingrat!

Son rire est spontané, avec une trace enfantine qu'il perdra un jour sans s'en rendre compte. Il attrape le casque posé sur la table et regarde l'appareil qu'il m'a offert.

— C'est bien?

— Si tu veux mon avis, il lit moins bien que toi.

— Vous ne m'avez pas remplacé, alors? s'amuse-t-il.

— Penses-tu! Tu veux bien lire un peu pour moi?

Il ne se fait pas prier et s'empare du roman qu'il cachait dans son sac.

*

Les garçons ont décrété que les dimanches seraient désormais réservés aux repas en famille. Je crois que l'expérience avec les voisins leur a donné envie de passer plus de temps ensemble. Ce n'est pas pour me déplaire, finalement, de voir toute ma vie chamboulée une fois par semaine.

Quand le bruit l'indispose, Léo me quitte et ne revient que tard le soir, quand nous reprenons nos habitudes. Je fais du riz au lait, pour ne rien changer à nos rituels «d'avant», pour que tu sois un peu auprès de nous. J'aime entendre le rire de Lucas, les blagues de Margaux. Je ris de la gêne de Cathy face aux bêtises de ses enfants et du sourire franc de Marc à son compagnon. J'aime l'amour que porte Anne-Marie à Freddy et la confiance qui se dégage de lui. J'aime cette famille si singulière. La mienne. Avec ses défauts, ses engueulades et son franc-parler. Sa dose d'amour, parfois sans se le dire, mais en le ressentant si fort.

— Mamie, c'est papi et toi, ça? demande Lucas en désignant une photo de nous en noir et blanc.

— Oui, on devait avoir une vingtaine d'années.

— Mais tu étais très jeune! s'exclame Margaux.

— C'était juste après l'extinction des dinosaures, avant Jésus-Christ, réponds-je du tac au tac.

Les gamins ne semblent pas comprendre la boutade. Je crois que pour eux, je suis née adulte et vieille. Il ne leur est pas possible de m'imaginer enfant. Époque si lointaine et pourtant si familière. Je crois que si je fermais les yeux, je pourrais encore sentir le parfum de ma mère, entendre sa voix et son rire si rare.

Je m'empare du cadre et propose de leur montrer d'autres photos. Je pars chercher de vieux albums et m'assois avec eux sur le canapé du salon pendant que les adultes mettent le couvert. Je leur montre le peu de photos que nous avons de nous « enfants ». Lucas s'amuse de ta ressemblance avec son père. Ils s'étonnent de mes traits juvéniles, de mes boucles blondes.

Nous sortons les photos de mariage et celles du baptême de nos fils. Nous remontons le temps, l'accélérons, revenons en arrière. Je revis avec eux le fil d'une vie qui m'a semblé si vite passée. Je nous revois dans les rangs de vignes, à la messe de Pâques, au bord du lac pendant les vacances et dans mille lieux qui me feront toujours penser à nous ; non pas parce qu'ils étaient merveilleux, mais simplement parce qu'ils me rappellent à quel point j'ai eu de la chance de partager cette existence avec toi.

Au lieu de me refermer comme une huître face aux questions des petits, je décide de leur raconter. Ton enfance choyée, tes études et notre rencontre. La vie pleine d'aventures que nous avons vécues, nos rires et nos joies. Je remarque que les garçons tendent aussi l'oreille, alors, je continue. Je raconte leur enfance, nos incertitudes de parents et les bêtises des jumeaux qui ravissent les plus petits.

Lorsqu'il est l'heure de manger, je n'ai pas beaucoup d'appétit : parler de toi avec eux m'a éprouvée plus que je ne le pensais. Je réponds aux questions qu'on me pose, mais j'ai la tête ailleurs, prise au cœur des souvenirs. Ce qui me reste de ce que l'on a été.

Une fois le dessert avalé, je décide de laisser les enfants jouer dans le salon, sous la surveillance de leurs parents, pour aller me promener. Freddy termine son café tandis que Cathy et Marc jouent aux dames et qu'Anne-Marie termine son magazine. Tout le monde est occupé, je peux bien faire une petite pause.

Mes pieds me guident sur le halage, là où j'arrive à ne pas penser à grand-chose.

Petit à petit, je sens mon souffle manquer. Le temps pour moi de me poser sur un banc et éviter un énième malaise. C'est que Martin n'est pas dans les parages aujourd'hui.

Sans que je les entende arriver, mes fils m'ont suivie. Marc s'assoit d'abord, prenant ma main potelée entre ses doigts. Son frère s'installe de l'autre côté. Tous les trois assis sur un banc, face à la rivière sinueuse, nous regardons le soleil décliner.

— Votre père savait dire « je t'aime » quand je ne répondais « moi aussi ». Mais il savait. Il se doutait que derrière mes traits d'humour et mes maladresses se cachaient des « je t'aime plus que de raison ». Nous étions de la génération qui se passait de mots. Vous, vous dites tout et n'importe quoi. Mes « je t'aime » à moi étaient cachés dans le riz au lait que je lui faisais tous les dimanches, alors que je n'ai jamais aimé ça. Il y avait aussi les soirées à suivre des émissions que je détestais, mais qu'il adorait. Je n'ai jamais eu besoin de lui dire que je l'aimais par des mots. Peut-être aurais-je dû… Je vous l'ai peu dit en tant que mère, est-ce que je me suis manquée là aussi ? Je voyais dans mes gestes tout l'amour que j'éprouvais pour les miens alors que vous aviez besoin d'entendre ces sentiments autant que de les voir. Votre père était différent. Peut-être nous aimions-nous trop… Ou pas assez. Toujours est-il que certains jours, nous nous aimions mal. Avec rudesse et maladresse. Pourtant, pas une fois je n'ai pensé le quitter. Quand, à la passion, a succédé la tendresse, quand nos enfants ont emporté notre spontanéité, quand la routine a pris la place, toute la place, dans nos vies. Malgré son humour maladroit et ses pas nonchalants. Je n'ai jamais pu envisager ma vie sans lui. Et aujourd'hui, après avoir passé tout ce temps à ses côtés, je suis perdue. Je fais du riz au lait tous les dimanches. J'en ai pas loupé un. Je ne sais pas trop pourquoi. Enfin, si, je le sais. M'occuper m'empêche de penser qu'il n'est plus là, même si le temps aide, à ce qu'on dit.

Mes fils restent silencieux un moment. D'habitude gênés de ne rien se dire, je crois que chacun savoure le moment de quiétude, bercés par le bruit de l'eau.

— De quoi parle cette lettre de papa ? finit par demander Marc.

— Cathy m'a trahie ?

— Elle a essayé de nous expliquer ta maladresse, ce que nous savions déjà. Elle a subitement eu les larmes aux yeux et à force de la travailler, elle a fini par nous dire que papa t'avait laissé quelque chose, une sorte de liste. Elle n'a pas voulu nous dire ce qu'elle contenait.

Je tends le papier froissé à Marc qui le donne directement à son frère. Freddy s'en empare délicatement comme s'il s'agissait du saint suaire.

De ses doigts fins, il déplie la feuille et reconnaît immédiatement l'écriture de son père. Le papier en main sur lequel sont notés ces quelques mots qu'il lit à haute voix :

Ma Lise,

Si tu as ouvert cette chemise, c'est que j'ai cassé ma pipe avant toi. Tu feras une veuve formidable. Acariâtre, sarcastique. J'aurais été un veuf sacrément plus charmant ! Mais le sort en a décidé ainsi. Ne sois pas trop triste, ça ne vaut pas le coup. Continue tes blagues que personne ne semble comprendre, c'est ce qui te tiendra en vie. C'est ce qui m'a maintenu amoureux de toi tout ce temps.

Montre cette lettre à nos fils, quand tu seras prête. Je veux qu'ils sachent une dernière fois à quel point je suis fier d'eux, des hommes qu'ils sont devenus. Ils ont trouvé leur voie, chacun à leur manière et je ne pourrais pas être plus heureux de partir en les sachant si bien entourés.

Je sais que tu n'es pas romantique, ni même prête à extérioriser tes sentiments. Mais j'aimerais te dire une dernière fois que je t'aime et te remercier pour ces années passées ensemble. Ce n'était pas tout le temps beau, ce serait mentir, ni tout le temps rempli d'amour (qu'est-ce qu'on a pu râler!), mais on s'est aimés, à notre manière. Et par-dessus tout, j'ai toujours respecté la femme extraordinaire que tu es. Alors, célèbre la vie qu'il te reste, ne me pleure pas trop longtemps. Parle-moi, quand ça ne va pas, mais aussi quand tout va bien, je serai quelque part, tout à côté.

Et, histoire de bien t'embêter jusqu'au bout, voici quelques petites choses à faire. Je sais que tu les feras, tout simplement parce que je te lance un défi et que tu es incapable de résister.

1. N'oublie pas de leur montrer que tu les aimes. Je parle de nos petits. Si je n'ai jamais douté de ton amour pour moi, eux ne sont pas pareils. Ils ont besoin de mots et d'une tonne de démonstration. Ils ne sont pas comme nous, ma Lise. Et je sais du plus profond de mon cœur de père que tu donnerais tout, jusqu'à ta vie, pour eux. Parle-leur d'eux, de toi, de nous. Ne cache pas ton amour derrière des sarcasmes. Les sentiments n'ont pas besoin d'être protégés. Laisse-leur voir la femme extraordinaire que tu as toujours été.

2. Va prendre un café au bar du bourg. Ce n'est pas réservé aux jeunes de flâner en terrasse. Je sais que tu meurs d'envie de t'y arrêter. Tu verras, tu y croiseras des gens sympas. Et puis, avec la pension de réversion, tu vas pouvoir te le permettre!

3. Laisse une chance à Anne-Marie. Elle a un caractère particulier, mais j'en connais d'autres!

4. Prends l'air dans la cour en début de matinée, tu feras une rencontre intéressante. Vous vous ressemblez plus que tu ne le penseras de prime abord. Ne tiens pas compte de la chienne vorace, elle est gentille, tu verras!

5. Ne laisse pas les vers me bouffer! J'aimerais être incinéré et que mes cendres soient répandues le long du chemin de halage où tu aimes tant te promener. Ainsi, je marcherai avec toi chaque jour. Je ne sais pas si c'est très légal, mais tu trouveras un moyen, j'en suis sûr.

PS: Je sais que tu n'aimes pas le riz au lait et je ne te remercierai jamais assez de t'être forcée à m'en faire durant toutes ces années, chaque dimanche. Ces LONGUES années où je n'ai jamais osé te dire que, moi non plus, je n'aime pas ça. Car dans tes yeux, je voyais un «Je t'aime».

Ton Gaston

Marc n'a pu retenir ses larmes et j'entends la voix de Freddy se briser sur la fin de la lettre. Je la connais par cœur, pourrais la réciter paragraphe par paragraphe. Mes garçons de chaque côté, je sais la chance que j'ai de disposer d'encore un peu de temps auprès d'eux. De pouvoir leur dire ce que j'ai si souvent tu. Je leur prends les mains et nous regardons le soleil se coucher définitivement sur nos malentendus et nos non-dits, offrant à demain une nouvelle chance de briller.

*

— Vous êtes sûre que vous ne voulez pas que je vienne avec vous ?

Cathy m'interroge pour la centième fois. Elle a su par Marc qu'aujourd'hui je vais répandre tes cendres. Elle a peur de me laisser y aller seule, comme si j'allais me jeter à l'eau et couler à pic comme le bijou dans le *Titanic*, à la fin du film. Quelle idée !

— Non, ne t'en fais pas. Comment va Marc ? Il ne veut toujours pas venir ?

Mes garçons ont préféré ne pas me rejoindre, souhaitant laisser leur deuil se faire sans rouvrir une plaie déjà mal cicatrisée. Je leur ai dit que ça ne me dérangeait pas de le faire sans eux. Comme un dernier au revoir, celui de deux amoureux sur un quai de gare. Je sais qu'on finira par se retrouver. C'est juste que mon train a pris du retard, ou le tien de l'avance, qui sait ?

Et puis ce n'est pas comme s'il me restait à patienter vingt ans sans toi, non ?

L'urne contre mon cœur, je contourne l'immeuble et j'avance sur le chemin caillouteux. Il n'y a personne si tôt le matin, même en plein été. Les joggeurs sont déjà rentrés pour commencer leur journée de travail tandis que les retraités profitent du centre-ville désert. J'irai peut-être au marché après, manger des fruits et boire un café au soleil, comme nous le faisions parfois.

Je choisis le plus bel endroit. Là où les arbres penchent discrètement vers la rivière et que le cours d'eau sinueux se dessine à perte de vue. Les canards ne sont pas encore là, ils ont compris que j'avais besoin d'être seule avec toi.

Voilà, c'est ici.

Je m'avance au bord et prends une grande inspiration. Tu es déjà parti, j'ai pourtant l'impression de te dire au revoir une deuxième fois. La dernière.

Mon Gaston, je crois que c'est l'heure. Oh, non pas de te dire adieu : toi et moi, c'est une histoire qui ne se terminera jamais. Je ne me ferais pas à ton départ, mais je vais faire avec. J'ai aimé chaque seconde de mon existence et je n'en regrette aucune car tout m'a conduit sur ta route. Je me souviens à peine de celle que j'étais avant de te rencontrer, et à quoi bon essayer de me le rappeler ? Tu vis à travers moi comme j'ai vécu à travers toi tout ce temps. Toute cette vie.

De toute façon, tu as déjà vu des inséparables vivre l'un sans l'autre ? Non. Tu es mon inséparable, Gaston. De tout ce que je fais, dans tout ce qui me reste, se cache un peu de toi. Et qui a dit qu'on devait se quitter d'abord ? Ce n'est pas à une vieille mule comme moi qu'on donnera des ordres, tu le sais bien, toi. Non, tu ne seras jamais vraiment parti tant que tu gardes une place dans mon cœur. Et toi, ta place est tellement grande que tu peux vivre encore cent ans ! Et puis je ne pourrais pas cesser de t'aimer, même si je le voulais.

Alors qui sait combien de temps encore je patienterai ici ? Mais j'en profiterai pour nous deux : pour rappeler à

Freddy l'anniversaire de ses neveux, pour secouer Marc et encourager Cathy, et surtout pour emmerder Anne-Marie ! Tu m'as un jour promis de ne pas me laisser, et j'ai compris que tu ne l'avais jamais fait. Je n'ai jamais été seule depuis que tu es parti. Grâce à toi.

Je te reverrai, mon Gaston. Alors, attends-moi. Attends-moi quelque part entre une bouteille de gin et un riz au lait, ton sourire en coin et tes mots d'amour. On enverra aux enfants une nuée d'hirondelles et on s'aimera comme au premier jour. Non, plutôt comme tous les jours de notre vie, avec leurs hauts et leurs bas. Je recommencerais tout à l'identique avec toi.

Je viendrai bientôt, c'est promis. Attends juste que je veille encore un peu sur eux.

Épilogue

La drôle de vie

— Rends-moi mon téléphone ! dit Margaux, déterminée.

La jeune femme aux cheveux ondulés regarde son frère avec dédain :

— Tu n'as qu'à retrouver le tien, Lucas. Tu es gonflant à toujours te servir de mes affaires !

— S'il te plaît, laisse-moi finir la vidéo, je te le rends après. Les parents ne devraient pas tarder de toute façon, ils voudront qu'on les range.

— Raison de plus pour ne pas te le donner maintenant. Tu sais dans quel restau ils veulent aller après ?

Lucas hausse les épaules, désinvolte. Ils mettent un point d'honneur à les réunir tous les quatre, une fois par mois. Restaurants, parcs d'attractions, randonnées, ils regorgent d'inventivité pour créer une parenthèse familiale dans une routine à mille à l'heure. Même si

Lucas râle depuis son entrée à la fac deux ans plus tôt, il savoure chaque instant chaque instant.

Aujourd'hui, Marc et Cathy leur ont ordonné de les attendre dehors pour préparer une « surprise ». Venant de leurs adolescents de parents, tout peut arriver. Ils se sont donc assis sur le banc en face de la maison. Un champ s'étale à perte de vue, habillé du printemps qui éclot.

J'aimerais un jour avoir un ami sur qui compter toute ma vie, comme mes parents sont là l'un pour l'autre, songe Margaux en dessinant sur son carnet tandis que son frère a gagné la bataille de la technologie.

Dotée d'un véritable talent pour le dessin, la jeune femme s'amuse à fixer sur le papier tout ce qui tombe sous ses yeux, noircissant des dizaines de carnets, jalousement gardés sous son lit. Elle est de ceux qui décèlent le beau dans chaque recoin.

Sous ses doigts se dessine le paysage, tantôt vert, tantôt légèrement jaune. Les rayons du soleil se reflètent sur les brins, donnant l'illusion d'un feu ardent. Elle croque les arbres, leurs feuilles dansantes au gré du vent léger.

Discrètement, Lucas a lâché le portable et jette un coup d'œil par-dessus l'épaule de sa sœur. Il ne le lui dira jamais, mais il admire son talent. Son truc à lui, c'est la guitare, dont il prend des cours depuis son enfance. Il se plaît à imaginer une carrière et se dit que sa sœur réalisera les pochettes de ses albums. C'est certain.

Rompant le silence, une voiture se gare devant la maison. Anne-Marie et Freddy leur font signe tandis qu'ils se rendent à l'intérieur. La porte arrière du véhicule s'ouvre sur Martin qui vient à leur rencontre. Il ajuste son manteau cintré et leur offre un sourire comme lui seul sait le faire, révélant deux fossettes.

— Alors, c'est toi, la surprise? s'amuse Lucas. Ils auraient mieux fait de nous envoyer dans nos chambres pour pas qu'on vous voie arriver.

— Sortie tous ensemble ce mois-ci. Je crois qu'ils ont préparé deux, trois bêtises à l'intérieur... Vous allez bien? demande Martin, s'asseyant avec eux.

— Ça va, répond Margaux en rougissant devant celui pour qui elle a le béguin depuis ses douze ans.

Elle s'en souvient comme si c'était hier, lorsqu'il était venu avec sa mère, comme chaque année, au repas de Noël organisé par leur grand-mère. *Un jour, je me marierai avec lui*, s'était-elle dit dès qu'il lui avait lu un passage de *Notre-Dame de Paris*. Elle l'a su comme ça, alors qu'elle le connaissait depuis un moment déjà. Ce jour-là, aux premières phrases prononcées avec ardeur et passion, elle savait qu'elle ne changerait pas d'avis. Leurs dix ans d'écart ne lui faisaient pas peur, et jusqu'alors rien n'avait vraiment changé.

— Et toi, monsieur le comptable? Anne-Marie te maltraite toujours autant?

— Évidemment, c'est sa manière de dire qu'elle m'aime bien, dit-il en passant la main dans ses cheveux, tic qu'il n'a jamais perdu.

— Tu as une idée de ce qu'on fait aujourd'hui? l'interroge Lucas.

— *Nope.*

Il y a plus de dix ans, jamais Martin ne se serait imaginé dans cette vie-là. Expert-comptable, entouré d'amis précieux et d'une famille reconstituée tout aussi importante à ses yeux. Il sait que Margaux a le béguin pour lui, mais préfère attendre qu'elle profite de la vie que lui offre l'université avant de lui dire que, lui aussi, il est amoureux d'elle depuis quelques mois maintenant. Ce n'est qu'un rendez-vous qu'ils se sont fixé à plus tard si le destin en décide ainsi. N'est-ce pas là tout le bonheur de la vie ? Tracer son chemin en sachant qu'elle nous mènera à notre juste place, si on y croit suffisamment ?

Tandis que les rêves adolescents s'enfuient pour laisser place aux projets des jeunes adultes, un vol d'oiseaux parcourt le ciel. Martin ne peut détacher son regard de la beauté de l'instant.

— Vous avez vu ? dit simplement Lucas en posant sa main sur l'épaule de sa sœur.

Margaux sourit, ajoutant des hirondelles à son dessin.

Remerciements

Le moment des remerciements est toujours délicat.

Qui remercier ?
Penser à tout le monde.
Choisir les bons mots.

Je suis le genre de personne à craindre toujours de blesser, de dire la phrase de trop ou justement de se taire quand il faudrait parler. Suis-je un peu comme Lise ? Sûrement. Alors quand vient l'heure de remercier les gens – nombreux – qui croient en moi, je me pétrifie et fais face à la page blanche. Ce n'est pas facile de dire merci, de dire quand on aime.

Je pourrais me contenter de remerciements génériques, mais ce serait trop impersonnel ; ou lister les personnes auxquelles je pense, mais je prendrais le risque d'en oublier.

C'est donc en sautant à pieds joints dans ce « on verra bien » que je me lance :

Je tiens tout d'abord à remercier Alice M. (@alice_au_pays_des_livres). Je crois que le destin t'a mise sur ma route pour une bonne raison. Au-delà de l'amitié qui nous lie, je ne peux que te remercier de croire en moi, de m'avoir dit « Tu ne peux pas laisser ce texte de côté ». J'y ai cru, grâce à toi. Il n'y a pas de hasard.

S'il y a des gens à remercier, sans nul doute dois-je citer Laetitia (@leslecturesdelaeti), Céline (@madamfeelgood), Delphine (@_pampelilune_) et Nathalie Longevial pour leur soutien et leur amitié. Du virtuel au réel, il n'y a qu'un pas. Merci à Maëva, qui de TikTok en vidéos playback me fait sortir de ma zone de confort, me soutient et m'offre son amitié précieuse.

Merci à Virginie F. et aux éditions de l'Archipel. Quelle joie de voir ce roman parmi ceux d'autres auteurs dont j'admire la plume. Merci également à chaque personne qui a travaillé sur l'histoire de Lise. Écrire et publier est un travail d'équipe !

Je ne peux écrire ces remerciements sans citer ma famille et mes amis qui ne cessent de me soutenir et de croire en moi. Merci pour tout car, sans vous, rien n'aurait la même saveur.

Merci à vous, lectrices et lecteurs, qui me suivez dans cette folle aventure. Vos retours, votre soutien, votre présence me sont indispensables. Je livre tout ou partie de moi dans ce que j'écris et je mesure ma chance d'avoir un lectorat si précieux.

Enfin, mes remerciements ne peuvent ignorer la personne pour qui j'ai écrit ce roman. Mon Gaston qui, où qu'il soit, m'a portée jusqu'à vous.

Si vous lisez ces mots, permettez-moi de vous demander une petite faveur : appelez une personne que vous aimez, là, maintenant, et dites-le-lui. Vous pourriez être surpris.

J'aime croire que tout arrive pour une bonne raison, le meilleur comme le pire. Chérissons chaque instant et gardons à l'esprit qu'une pierre peut faire des dizaines de ricochets.

Amicalement,

C.

Mon Gaston,

Il y a plusieurs années maintenant que je ne t'appelle plus. Tout autant de mois que j'écoute les messages que tu avais laissés sur mon répondeur, sans que je sache que de ta voix, ne me resterait que ça.

Ce roman, c'est toi. C'est moi. Quand tu es parti, tu m'as offert Lise, son histoire, son amour. J'ai griffonné quelques mots avec maladresse, mais tout me paraissait fade, lisse. Je n'ai compris que plus tard que c'est la vie sans toi qui me faisait cet effet. Parce que c'est dur de vivre sans les gens qu'on aime, ne gardant d'eux que des souvenirs nostalgiques qui font pleurer parfois, car on se rend compte que ce passé ne revient plus.

Un jour pourtant, j'ai relu ces gribouillis, j'ai retrouvé Lise au fond d'un tiroir. Elle n'avait pas changé, mais moi, si. La vie a continué et avec elle, ses aventures, ses incertitudes. J'étais prête. Pas à te dire adieu, non, jamais. Je t'emmène avec moi où que j'aille, quoi que je fasse.

Mais prête à te dire à quel point je t'aime et que tu me manques.

Voilà, cette histoire, c'est ma déclaration d'amour pour toi. C'est un juste retour des choses.

Aujourd'hui, je pense toujours à toi. Tu me manques toujours autant, mais je chéris nos souvenirs comme un cadeau précieux. Quand je ferme les yeux très fort, je te vois sourire et me dire « Ça va aller, ma grande fille ». Et tu avais raison : tout va bien car je sais la chance que j'ai eue de grandir à tes côtés. Le reste n'est qu'une étape de la vie et nous nous reverrons.

Alors, aux hirondelles qui me saluent chaque printemps pour me rappeler que tu veilles sur moi, aux chansons qui me rappellent toi, à l'autrice anonyme que j'espère ne plus être, et à ton soutien indéfectible ici ou ailleurs.

Merci pour tout,

C.

Table

Cet ouvrage a été composé
par Atlant'Communication
au Bernard (Vendée)

Impression réalisée sur Roto-Page
par l'Imprimerie Floch
à Mayenne (Mayenne)

en octobre 2025
pour le compte des Éditions de l'Archipel
département éditorial de la S.A.S. Écriture-Communication

#lisez! engagé
www.lisez.com
Pour plus d'information :
Imprimé sur du papier issu de forêts gérées durablement.

Imprimé en France
Numéro d'impression : 107769
Rang de tirage : 01
Dépôt légal : novembre 2025